星海社
FICTIONS

マージナル・オペレーション改 03

芝村裕吏
Illustration／しずまよしのり

星海社

ヘリが夜空を飛んでいる。窓から見える夜景はとても綺麗だ。

この状況から生き残るのは難しい。客観的に言えばそうだ。

だが僕はさほど気にもしていなかった。僕が死んだら死んだで、どうということはない。

ただ僕には子供がいる、だから死ねないというだけで。

だから気分はひどく落ち着いていた。ジブリールが僕の後さえ追わなければ、それでいい。まあ、まだ父離れしてないからムリかな。子供たちに銃を置かせる仕事もある。現実的には僕が死んでいいという話ではない。僕が解放されるのはまだ先だろう。だが心は静かだ。死という恐怖は感じない。

まあ、ハキムが死んでソフィがああいうことになって、僕は死んだだろう。今あるのは肉のついた亡霊というところだ。

気付けば昔好きだったアニソンを口ずさんでいて、思わず苦笑した。ジブリール以外の皆が気味悪そうに僕を見ている。

ジブリールが皆を射殺《しゃさつ》しそうだったので、手で止めた。まあ、客観的に見たら、僕が気味悪いのは確かだな。いけないいけない。今の僕は人質を取った凶悪テロリストだ。せいぜいその役を全うしなければ。感傷に浸る暇はなかった。

自分の考えが面白かったので少し笑顔を作ったら、今度は恐ろしいものを見る目で見られた。やれやれ。

不機嫌そう、というより、若干すねてそうなジブリールの視線に気付いた。なんですねているように見えるのかは分からない。しかし、そう思う。目の端が微妙に上がっている。

「何を笑っているのか分かりませんが、人が悪そうに見えます」

「実際人が悪いから、そこは仕方ないんじゃないか」

そんなこと言ったら怒られそうだなと思ったが、実際ジブリールは怒った。唇を引き結んで僕を睨む。気付かなかっただけで、案外この娘は表情豊かなのかもしれない。

だとすれば何より彼女のために、いいことだ。人殺しはしても感情豊かに生きて欲しい。殺しをさせたのは僕だ。願わくば自分が悪いことをしているなどと思わないように。

今度こそ本当に笑って、パウローを見る。

「繰り返しになるが、日本大使館前まで頼むよ。スマホの位置情報を見ているから、嘘はなしだよ」

まだ独り言を呟いているクリークの横にいるパウローが、悲しげに頷いた。

「分かっている」

「日本大使館についたら、皆を解放する。約束する」

テロリストの言う言葉が信用できるかといえば、まあ、信用ならないのだが、それでも僕はそう言った。希望は誰にでも必要だ。人質をコントロールしたいテロリストにも、だ。

またジブリールに睨まれそうなので、僕はそう言って今後のことを考えることにした。いいのか悪いのか、選択肢はあまり多くない。先ほど考えた事のやり直しでしかない。

いや、違うな。僕はもう一度落ち着くことを考える。自分が死んでもいいからって考えるのをやめるのは良くない。亡霊に許される時などない。

「日本大使館に行ってどうするんだ」

パウローが僕を見上げて言った。言葉には僕を心配する響きがある。パウローは良い奴だ。敵対したのが残念でならない。

「行って保護を求める。決まっているだろ」

僕は笑って言った。このままヘリでミャンマーに、は、まあ無理だろう。時間が経って中国が冷静になれば、どこかのレベルの担当者の一存で僕は消される。それが一番合理的で、中国はちぐはぐな所はあるが要所は間違い無く合理的に動いている。それはここの所中国に滞在して、よく分かった。彼らには度量もある、規模もある、完璧とは言えないが、最新の技術も持っている。堂々たる大国だ。

だからこそやりやすい、と考えるべきだろう。中国は完璧ではない。これまで見て来たいろんな国と同程度には問題がある。規模で勝負できない以上、そこを突くしかない。

パウローがため息をついている。

「日本が何の役に立つ。あれはお前を捨て続ける国だ」

「捨てた、じゃなくて、捨て続ける、か。なんだか詩的だな」

「本気で言っているんだ」

パウローの言葉には軽さがない。僕の場合、捨てられたと言うよりは捨てた、が正解のような気がするが、国を出たのが就職難だったということを考えるとどうなんだろうという気にもなる。あれは捨てたのに入るのかな。

しかし、捨て続けるというからには一度じゃ駄目だろう、二度目はああ、あれか。レインボー計画というか、ミャンマーでの戦いで途中から日本が手を引いた、あれか。あれには確かに困った。しかし、捨てられたという気はなかった。なんだかんだでＩイルミネーターは残してくれた訳だし。

そういう事情が分からないからパウローは捨て続けると言っている。あるいは彼だけが知ってる何かがあるのか。まあでも、客観的に日本を評価したらそうだろうな。うん。僕が日本なら、僕を切り捨てる。

僕は頷くと、パウローのスマホを操作し始めた。日本が何をやってくるかを見越した上で動くべきだろう。パウローの苦言は考えるよすがにはなった。お、さすが外交特権というやつか。ネットは自由に使える。海外のサイトにも繋がりそうだ。

「捨てられたつもりはないというか、捨ててやったつもりじゃあるんだけどね。日本については僕も少しは分かっている。ありがとう」

僕はスマホを操作しながら言った。実際、パウローには感謝しかない。いや、色々問題のある案内人ではあったけど。

それにしても日本では沢山見たiPhoneは、中国やミャンマーでは、まったくと言っていいほど見たことがない。パウローのスマホもAndroidだった。日本語に再設定。

到着まではあまり時間がなさそう。僕は久しぶりに僕のFacebookとTwitterに書き込みした。

食事の話題でないのが残念だが。

ついでに機内の写真も撮る。

ジブリールが怪訝《けげん》な顔をしているのが少し面白かった。

「少し笑うといいと思うんだが」

「その機械は嫌いです」

そっぽを向いたジブリールの写真が撮れてしまった。まあ、これはこれでというものだ。

ヘリが高度を下げる。亮馬橋路《りょうまきょうろ》という道の真ん中だ。行き交う車が沢山あるが、道そのものは幅広く、ヘリが降りても大丈夫そう。

日本大使館は立派そうな建物だが、ヘリポートはなさそうだった。いや、北京《ペキン》のどこにも、ヘリポートのある建物はなさそうだ。何か政治的理由があるのかもしれない。

ともあれ、降りるしかない。

車が急停車し、人が降りて唖然《あぜん》とする中、ヘッドライトに照らされながらヘリが降りた。

僕はヘリから降りて、新的将軍《ニタ》を支えるパウローを見やった。

「今までありがとう」

「神のご加護を祈るほかない。良太《りょうた》」

パウローの言葉に僕は笑って見せた。

「そいつは多分、僕たちを見放していると思うよ。それじゃ」

豆タンクを出すかどうか迷って、出すのをやめた。日本という国は暴力に慣れない。慣れない人が慣れないものを目の前に出されたとき、何をしてくるか分からないものだ。平和的に行こう。なにせこれから一時的にせよ、厄介《やっかい》になるんだし。

日本大使館に向かって歩き出す。あの鉄の柵の門。あれを越えるのが最初の目的だ。

横に並んで歩きながら、ジブリールは僕を見た。

「神は見放しておられません」

そういえばジブリールはいつもそう言うのだった。僕としては、よくもまあ見えないものを信仰できるものだと思うのだけど。

「うん、まあジブリールの所の神様はそうみたいだね」

「どういう意味ですか」

「言ったとおりさ」

当然ながら、鉄柵の門は閉ざされている。これをどう抜けるかがこのオペレーションの最初のポイントというところだ。

この門を開けないと、僕もジブリールも、遠い密林にいる僕の子供たちも大変なことになる。

「ジブリール、武器を捨ててくれ」

ジブリールは明らかに難しい顔をしている。警戒心が強い彼女のこと、当然駄目だと言うだろう。実際その通りになった。

「意味が分かりません」

「これからこの門を通るのだけれど、武装していては通れない」

「なぜ通らないと行けないのですか」

それについての説明がいるのかと僕は遠い目をしたが、彼女としては負けてもいないのに武装解除など想像もつかなかったのだろう。なんとか僕の生きているうちに彼女の外にも別の常識があるということを教えたいのだけれど。

まあ、それはいい。彼女の納得はどうあれ、武器を捨てないと前に進めない。何しろ相手は平和国家、日本だ。

ため息。いや、喜ぶべきかな。ジブリールの頑固さに、僕は救われている気がする。いつでも僕を好きですと言ってくれるのが嬉しい。いや、変な意味でなく。変な意味でなく。大事なことなので二回自分の心に言い聞かせた。

「戦いは銃弾だけでやるものじゃない。愛してるから捨ててくれ」

ジブリールが息を呑んだのを横目で見た。ほらこれだから僕は自分に強く言い聞かせないといけないんだ。

「親としての言葉だからね」

「私はそういう風に思いません。アラタを父親などと……思ったことは一度もありません」

それもそれでちょっと悲しいかな。ともあれ彼女は悔しそうに、顔を真っ赤にして武器を捨てた。出るわ出るわ、大量の銃器、弾薬、手榴弾《しゅりゅうだん》。女性のスカートには危険なものが詰まっている。たとえ処女でも同じらしい。

「まだ拳銃を隠してるんじゃないか」

「これは嗜《たしな》みです」

「それもだ」

なんだかいやらしい話をしてるようでなんだが、銃のことなんだよなあ。いや、いやらしいことを話しているより健全かな。傭兵生活が長くなったせいか何が健全か、最近分からなくなっているが。

ジブリールは、渋々《しぶしぶ》拳銃を捨てた。僕が顔を見ていると、ナイフも捨てた。そんなことだろうと思った。

僕は武器を持ち歩かないので、ジブリールの保有する武器が全てだ。その武器を捨てて門を見る。監視カメラはあるだろうから、僕の動きを見ているであろうことは間違いない。おそらくは、固唾《かたず》を呑んで見守っているのではないか。

鉄柵の門に手を振った。ジブリールにスマホを預け、両手を小さく上げる。

監視カメラがマイクを持つ……音声を拾うことはあまりない。喋りかけても向こうに届くかどうか。警察の方が先に来たら嫌だな。悩んでいたら鉄柵の向こうに人が現れた。時間にして三分ちょっと。良かった良かった。

今回のマージナル・オペレーション、まずは第一段階クリアというところ。今回はいつにもましてギリギリの気もするが、致し方ない。選択肢がなかった。あるいはあったのかな。今となってはどうでもいいが。

「何か御用ですか」

姿を見せた僕とあまり変わらないくらいの年齢の男がそんなことを言う。間の抜けた対応だとは思うが、言ってる本人は緊張の絶頂という感じだった。眼球が信じられないほど動き回っている。まあ、他に言いようも無かったんだろう。

僕は頭を下げた。日本では良くやってたのに、傭兵になってからは全然やってなかった事。お辞儀。

「僕は日本人で新田《あらた》良太、こっちは肌の色こそあれですが、同じく日本人の良子《りょうこ》と言います。色々あって身の危険を感じています。保護をお願いしたい」

久しぶりの日本語で、正直正しく発音できているか自信なかったが、通じた。僕がそう言うであろうことは、姿を見せた瞬間に予想していたようだった。眼球を目まぐるしく動かしながら、男は口を開いた。

「……どうぞ。ただ、あなただけと申しつかっております」

「子供を見捨てるような国にならないでください。日本人も大勢見ています」

スマホを構えるジブリールを見て僕がそう言うと、男は耳につけたイヤホンに意識を傾けた。五秒待つ。

「どうぞ、こちらへ。しかし、お二人とも歓迎はされていないことをご理解ください」

そうでしょうとも。

とはいえ、他に選択肢もない。

僕は苦笑して、男の後ろについて歩き出した。

R03

MARGINAL
OPERATION
REV.03

マージナル・オペレーション 改 03

REV.

YURI SHIBAMURA

芝村裕吏

ILLUSTRATION

しずまよしのり

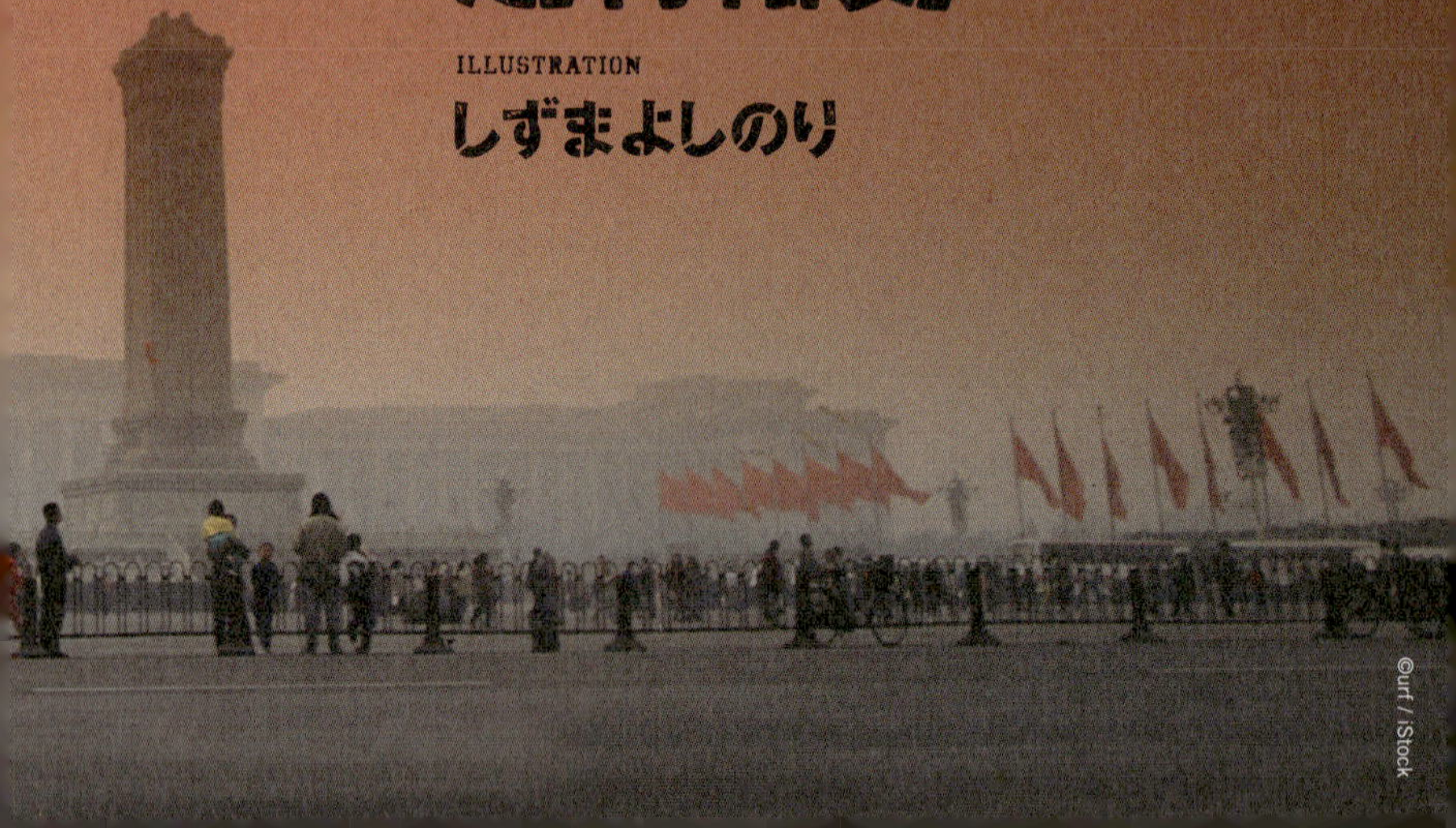

M.O.

CHARACTERS

ジブリール

タジキスタン人。アラタに当初から従った「最初の24人」の1人で、優秀な兵士でもある。アラタに特別な感情を抱いている。

アラタ

元ニートの日本人。本名は新田良太。傭兵として中央アジアで頭角を現した。少年兵を巧みに指揮することから“子供使い”とも呼ばれる。

オマル

アフリカ系アメリカ人。傭兵時代からのアラタの盟友。

ジニ

タジキスタン人。「最初の24人」の１人。快活な性格で、アラタの第二夫人に立候補している。

ホリー

ミャンマー人。かつて娼婦として、アラタの英語教師をつとめた。現在は故国で政治活動を行っている。

イトウ

日本の諜報機関に所属し、かつて依頼主になったこともある。心情的にはアラタを応援しているらしいが……。

クロード・ランソン

アラタの元上司で、指揮官としてのアラタの能力を見出した人物。現在はキャンプ・ハキムにおり、子供たちのよき教師でもある。

グエン・ボー・ザック

ベトナム人。キャンプ・ハキムからの合流組。親殺しの過去がある。

COVER DESIGN
川名 潤
EDIT
平林緑萌
FONT DIRECTION
紺野慎一
PROOFREAD
鴎来堂

第1章

イトウさん

日本大使館とは、外国にある日本の役所だ。外交を行うための人員や設備が詰まっている。性格上外国の地にありながら、施設の中では日本と同じ扱いを受けることになっている。ここに入れば、すくなくとも日本によって身柄をどうするか決定される……ことになるといいんだけど。

この業界というか民間軍事会社に入った直後、査証を取ったりするのに中央アジアの日本大使館に行ったことがある。二等書記官という肩書だったか、そういう人が出てきて何かねちねち言われたものだった。あの時は面倒なだけだと思っていたんだが、まさかこういうことになろうとは。

鉄柵を越えると、横を歩くジブリールが更に近づいてきて背伸びした。僕との身長差が三〇㎝くらいあった昔からの癖で、今でもやってる。

「なんだい」

「私は日本語が嫌いです」

「そりゃまたなんでだい？　好き嫌いを判断するほど日本語に触れてもいないと思うけど」

「アラタが使うと私との距離を感じます」

ジブリールはいたって真顔だった。僕が嫌い、ではなく、日本語が嫌いと言うあたりジブリールぽい。ジブリールは僕を嫌いだとは言わないのだ。

とはいえ、日本人だと証明するのに日本語以上の武器が僕にはなかった。何せ持っているパスポートはシベリア共和国製の偽造パスポートだ。自分の身分を証明するものが他になかった。

それはそれとして、すぐ好き嫌いを決めてしまうあたりにジブリールの幼さと危うさを感じる。しかしどう教育すればいいのやら。

考えながらジブリールの頭を撫《な》でるうちに、僕は笑顔になった。子供は偉大だ。こういう時でも僕を笑顔にするんだから。

玄関からビルに入り、応接室に通される。先客がいた。

白髪混じりの実直で偉そうな人だった。別に踏《ふ》ん反《ぞ》り返っているとかではなく、偉さが滲《にじ》みでている感じ。新的将軍とはまたタイプが違う。ソファに座って頭を抱えるような姿をしていた。僕とジブリールを睨む。

いや、睨むというよりは、恨みがましい目かな。彼の家族を害したりした事はないはずだが。

「率直に言って、なんてことをしてくれたんだという気分です」

自己紹介もせずに、座ったまま偉そうな人は言った。おそらくこの人が大使だろう。

「子供を守るために、他に手がなく」

そう言ったら、さらに恨みがましい目で見られた。Facebookに投稿したり、中継しながら何言ってやがるという顔だった。

まあ、そうなのだけど。けれど、そうでもしないと日本のことなかれ主義に握りつぶされそうだった。そしてそれは、大使の目を見る限りは間違いなさそうだった。僕としては、作戦が当たってよかったよかったというところだ。

「中華人民共和国は重要な外交相手国です。お分かりとは思いますが、今となってはアメリカ合衆国の次に重要な相手国です」

目元を指で揉みながら大使氏は言った。でしょうねえと相槌《あいづち》でも打とうものなら怒鳴られそうな雰囲気。

しかし、こんな感じで立ったまま愚痴《ぐち》を聞くなんて、最近じゃとんとなかったな。これぞ文化の違いというやつだろう。あるいは取引相手という僕の立場がそうさせていたのかな。大使氏は最低の雇い主より態度が悪い。

「貴方《あなた》は我が国と中華人民共和国の関係を壊しかねない。いや、すでに危険な水域に入りかけている」

大使氏はそんなことを言う。

時間的に中国から通達だか連絡だかが来ているという風には見えないから、これは大使氏の想像だろう。被害妄想とは言わないが、もっと事実に則《のっと》ってやりとりした方がいいのではないか。しかし、起きてもないことについて人に文句を言うあたり、日本に帰って来たなあという感じがする。懐かしいは懐かしいが、あまり楽しくはない。

「何か言ったらどうです？」

大使氏に言われて、何か言ってもよかったのかなと考えた。いやいや、何を言っても怒られるだけだろう。日本風に考えると、これは遠回しな謝罪要求かもしれない。ありがちな話だ。しかし、僕としては詫びる気など何もない。中国もシベリアも謝れとかは言ってこなかったが、一番被害が少ない日本がそれを要求するあたり、らしいというか、なんというか。

いつのまにか大陸風の考え方に染まってしまったか、以前は普通に思えていた日本風のやりとりがものすごく滑稽《こっけい》に見える。日本を頼ったのは失敗だったかな。いや、他に手がなかった。子供を思えば頭を下げるなんてどうということはない。

規模の違う相手とまともに戦う必要はないんだ。違う土俵で戦えばいい。

「それでも僕たちを拾ってくれた。違いますか」

僕がそう言うと、大使氏は忌々《いまいま》しそうな顔をした。

「それが仕事だからです」

苦い顔はしているものの、彼は落ち着きを取り戻したように見えた。仕事を思い出してくれて何よりだ。

こういう事態でもしばらく愚痴を言えば回復してくるあたり、こっち方面ではないにせよ、かなり優秀な気もする。さすが、というべきか。重要な国に優秀な人間を当てている。当たり前を当たり前にやっているあたり、ちょっと日本という国を見直した。まあ、愚痴っぽい人だけど。

大使氏は言う。

「邦人は保護します。そこのお嬢さんが日本人と主張するなら、それがはっきりするまでは、彼女も同じです。貴方は有名だが形式上の対面調査はします。パスポートをなくしたという名目でね。建前上は、我が国と中華人民共和国の間に犯罪者の引き渡し条約はないから、そういう意味では安心していいでしょう。ただ、反日感情が爆発するかもしれないし、代理処罰はあるかもしれない。少なくとも、貴方はヘリのハイジャック犯だ。他にも罪が乗る可能性もあります」

自分の身とそれより大事な物を守っただけで、犯罪に手を染めたつもりはさらさらなかったが、そういうことは権力者の都合によって好きなように決められるものだ。日本もそうだろう。その逆もある。つまり、日本の事情のいかんによっては、僕はなんの罪にも問われない可能性がある。

どちらにしても、もう賭けることはしてしまったのだ。僕は微笑《ほほえ》んだ。

「ありがとうございます」

これからどうなるかは運次第。日本じゃ数少ない実戦での戦闘、指揮経験と、中国相手の勝利を評価してくれればいいんだが。中国では高く評価されてたけど、日本じゃどうかな。

心配なのは密林にいる子供たちのこと。殺されていないといいけれど。留守を守るオマルやランソンさんがうまくやってる、そう思いたい。

子供たちのことを考えると、胃の底が凍える気がする。普通は睾丸《こうがん》が縮こまるというけれど、僕の場合は胃だった。どっちがいいのかは分からない。

ともあれそこから、割と退屈な時間が始まった。茶番のような対面調査で身元確認と称して色々喋らされる。子供のこと、外の様子が気になるが、一切聞かせてくれなかった。歓迎されてないというのはこういうところからも分かるというものだ。

食事で時を数えて三食目。

窓のない部屋で食事。僕は平気だったが、ジブリールは面白くなさそうな顔をしている。まあ、子供の頃は毎日が長かった。その分退屈だったものだ。

頭を撫でて、二人並んで食事をしていたら、ジブリールが箸で鶏肉のソテーをつつきながら口を開いた。

「いつまでこのような演芸に付き合うのでしょう」

「日本語じゃ茶番というのさ」

ジブリールは頬を膨らませた。

「チャバンは嫌いです」

「まあ、好きな人もなかなかいないかもしれない」

「情報を遮断してどうするというのです。中国が攻めて来たときに、自力で戦えるとでも？」

その発想は僕にもなかった。ジブリールは好戦的というか、子供っぽい。

僕が苦笑していると、ジブリールは私は真面目に言っているのですという顔でテーブルの下で僕の膝に自分の膝をぶつけて来た。それも何度も。はいはい、と言いながら次の展開を考える。

しでかしたことの大きさを考えるに、中国が黙っているとは思えない。シベリアはどうかな。まあ、新的将軍が敵対するのは間違いないだろう。ただ、中国とシベリアは一体ではない。他方で日本は、日本はどうだ。僕としては、日本が僕に有用性を見出してくると踏んでいるが、その根拠は頼りない一つの物事だった。

いつのまにかジブリールは顔を赤くして、リズミカルに僕の膝に膝を当ててきている。途中から意味が変わったらしい。僕はジブリールの頭を撫でて、ジブリールに話をすることにした。聞き耳をたてられている恐れはあるが、まあ、そっちの方が好都合ではある。

「ジブリール。今日本では豆タンクが大量生産されているそうだ」

「それがどうしたのですか」

恥ずかしそうに乱れた髪を直しながらジブリールが言った。少し機嫌が良くなったらしい。

「それが、いや、それをさせた情勢が僕たちを助ける可能性がある」

ジブリールはよく分かってない顔。それよりもっと頭を撫でろという顔をしている。僕は要求通りにお姫様の頭を撫でながら、自分の考えを整理した。

「僕が中国で何をしていたのか、今のところ何も聞かれてない。つまりそのことを、日本は知っていた可能性が高い」

ジブリールは瞳を上に向けた。考えている様子。

「日本が愚かなだけかもしれません」

「僕はそう思わない。僕と面談したとき、大使氏が言っていたものさ。仕事だからです、と。同じことだろう。仕事はちゃんとやっているんじゃないかな。ま、失敗はするかもしれないが」

僕がそう言ったら、ドアが開いた。狙ったようなタイミングだ。見たような顔の女の人がやってきて、僕の前に座る。

大変お疲れの様子だが、眼光鋭い。歳は二〇代後半に見えるがあてにならない。ポニーテールの女性だった。いかにも日本人的な顔立ちとでもいえばいいのか、そんなに鼻が高くない、美人というよりは可愛い顔をしている。

「失敗はしていません」

「こんにちは、イトウさん」

僕がそう言うと、彼女は形容しがたい顔をした。一番近いのは犬のフンを踏んだような顔。

「なんだって貴方は一個一個日本を揺るがすようなことをするんですか。私は久し振りに休暇で富士山に登ってたんですよ」

「それはお気の毒です。僕も知ってたら遠慮したんですが」

僕が控えめな笑顔で言うと、イトウさんも笑顔になった。ただ、怖い。口を笑わせたまま、顔を近づけて睨んでいる。すかさずジブリールが僕の腕を取って引き離した。

「いつか日本で見た顔ですね」

「大きくなったわね。ええと、ジブリールちゃん」

イトウさんはジブリールと話したことなどないだろうに、そんなことを言う。おそらくは調べてきたのだろう。よくもまあというか、暇な事だ。

ジブリールは嫌そうな顔をして僕の袖を激しく引っ張る。昔からの彼女の不満表現だ。とはいえ、どうしようもない。むしろ、僕たちにとっては、イトウさんが出てきてくれたのは嬉しい状況だ。これは日本政府からの、話を聞きます、あるいは聞かせてくださいという意思表示だろう。

僕は営業用の笑顔を向けた。

「それで、なんの御用でしょう」

イトウさんが机を叩いた。

「御用じゃない!!　貴方が、呼びつけたんでしょう!!」

怒りのあまりか出た言葉は日本語に切り換わっていた。僕も日本語に切り換える。

「困ったので助けを求めただけですよ」

「同じことです」

イトウさんは半眼で言った。僕は肩をすくめた。

「なるほど」

「……だいたい。中国に雇われていたのでは?」

「よくご存知で。その通りです。日本に対抗する軍事研究その他に協力していました」

イトウさんの動きが止まった。イトウさん家《ち》でも知らないことはあるらしい。ちょっといい気分だが、同時に中国が僕を相当特別扱いしてくれていたことに気付いて、ちょっと凹《へこ》んだ。少なくともシベリアの人々よりは裏表なく気を遣ってくれていたわけだ。

「なんでしまったという顔をしているんですか」

「もう少し出し惜しみすれば良かったかなと」

僕は嘘をついた。中国の学校でできた友人らしき者を思うと、心が痛む。そもそも僕に、そんな心がまだ残っていようとは。

頭を掻いていたら、ジブリールから腕を引っ張られた。

「この女は危険です」

最近気づいたのだが、ジブリールのこの物言いは、どうやら僕の浮気を警戒しての話らしい。僕はちょっと笑うと、頭を撫でた。目をつぶって頭を撫でられるのを気持ちよさそうに受け入れている姿はちょっと可愛らしい。

そんな僕の姿をイトウさんは冷静に、分析するように見ている。彼女はそっちが専門だ。今の下手な嘘ではすぐに見破られてしまうだろう。僕はイトウさんの方に向き合った。

「正確には、しまったというよりは、ただ驚きました」

「驚いた、とは」

「イトウさんも知らないことがあるんだなあと」

「知らないことばっかりです」

即座にそう言い返された。イトウさんはポニーテールを揺らして、少し余所《よそ》を見た。恥ずかしそう。今のはスパイ組織の人が言ってはいけないことだったんだろうか。

微妙に沈黙が続いたら、ジブリールが激しく僕の腕を引っ張った。それで、また時が動き出した。イトウさんはため息。

「相変わらずコブ付きなんですね」

「子供のために生きているので」

僕が真面目に言うと、イトウさんは苦笑した。

「その子供もだいぶ大きくなっているように見えます」

「まだまだですよ。戦争以外の職につけるように色々勉強させないといけない」

「つまりこの三年、ちっとも変わってないわけですね」

「一〇〇か〇か、なら」

「じゃあ五〇以下一以上では？」

「二〇くらいですね」

僕は上半身が揺れるほど腕を引っ張られた。ジブリールは半ば腰を浮かせてイトウさんを睨み、歯を見せて怒っている。

「私のわからない言葉で喋らないでください」

「朝鮮語にしようか」

最近学んだはずの言葉を口にしたが、ジブリールは怒った。語学、というより勉強がダメなのだった。ぽかぽかされる。成長したせいか遠慮がなくなったか、最近僕をぽかぽかするのが、痛い。

「話が進まなくなるんで、そこのジブリールさんは静かにさせていただけますか」

「すみませんね、いつまでも子供で」

「いーえー。胸以外はだいぶ育ってるみたいですけど」

何言ってるんだこの人。

「そんな嫌そうな顔をしないでも」

「失礼、本音が顔から出たようで」

イトウさんはしてやったりという顔。この人もよく分からない人だ。

「まあ、シベリアに攻撃されまして、命からがら逃げ出したわけです」

僕がそう言うと、イトウさんは指を組んだ。

「何があったんですか」

「契約不履行ですよ。挙句《あげく》に銃を突きつけられてしまった」

このこと自体は、前日取り調べというか対面調査を受けた時も話してはある。彼女が知らないということはない筈だ。

イトウさんは斜め下を見ながら口を開いた。

「なるほど。私の摑んでいる情報と随分食い違っていますけど、多分仰《おっしゃ》る通りなんでしょうね」

「食い違う、とは」

「シベリアの要人を人質にして二人でヘリをハイジャックしたとか」

「まあ、それは事実ですね」

イトウさんは勢いよく立ち上がって机を叩いた。チキンソテーの横にあった野菜が転がった。

「嘘ついたんですか‼」

「その辺はどうでもいいので割愛《かつあい》しただけです」

イトウさんは目を回すような顔をしてストンと椅子に座った。

「どうでもいいって」

僕は頭を掻いた。

「心から。そして、心底。子供たちを害しそうだったので対抗措置を取りました」

「他にやり方は無かったんですか」

「あったらこんな危険な橋を渡りませんよ」

それもそうかと思ったのか、イトウさんは机に突っ伏した。僕はチキンソテーの皿を横にどけた。

「まったく、困ったことになったものです」

「困っているのは我が国です。分かってるんですか」

突っ伏したまま、イトウさんはそう言った。

「そうなんですか？」

僕が言うと顔を上げて睨んだ。

「全部狙ってやっていた癖に」

「日本に向けて中継したことですか」

「他に何があると言うんですか」

イトウさんには悪いが、僕の作戦は当たっていたらしい。そんなにフォロワーがいるわけではないので、効果は薄いかと思ったのだけど。SNSは強力な武器になる、というわけだ。

「もしそのおかげでジブリールを守れたのなら、僕としては上出来ですよ」

「本気で言っているんでしょうね」

「もちろん」

イトウさんはため息。

「子供思いさんでなくて、鬼子母神《きしもじん》みたいな人だったとは」

「それは女神だった気が。僕はおっさんですよ」

イトウさんは僕を観察するように眺めた後で口を開いた。

「そういう歳でもないでしょう。とにかくまあ、事情と動機はわかりました」

「そりゃどうも」

イトウさんはポニーテールを振り回した。髪のせいか成長したらサキもこうなるのかなあと、思った。僕の子供の一人で、絵が上手い。

僕の表情をどう思ったか、イトウさんは難しい顔をした。

「お礼は結構です。あなたの味方になれるかどうかは、まだ分かりませんから」

「そりゃ参りましたね」

「全然参っているように見えません」

そんなこと言われても、実際参ってないのだから仕方ない。諧謔《かいぎゃく》ってやつだ。あれ、使い方あってたっけ。

ともあれ現状は順調だ。今現在無事である時点で僕の策は当たっているし、僕が無事なら子供たちも無事である可能性が高い。交換条件になりうるからだ。

オペレーションは順調。僕はそう思いながら口を開いた。

「参っているように見えないというのであれば、多分子供が原因ですね。子供が無事なら、僕は死んでも特に問題ないので。強いて言えば子供たちのゆく末が少しでもましになるように交渉したりお願いしたりするだけです」

僕がそう言うと、イトウさんは面白くなさそうに唸った。そしてため息をついた。何がどう彼女の中で片付いたのかわからないが、渋々喋り始める。

「何があなたをそこまでさせるのか分かりませんけど、あなたは俗物っぽい方がいいと思います」

それは心外な物言いだった。僕は肩をすくめた。

「僕ほど俗っぽい人もなかなかいないと思っていたんですけどね。でも、アドバイスとしては、分かりました」

「絶対何にも分かるつもりのない顔で言わないでください。そういう態度が……」

言いかけてイトウさんは目線を外した。

「トラブルを起こしたと思います。多分、ですけどね」

「ご忠告ありがとうございます。僕としてはあまり大きな条件を言うつもりも、思うこともありません。ただ、子供が死ななければ、無事成長してくれればそれでいい」

「だから、それが俗っぽくないと言ってるんです」

「子供を思うほど俗なこともないでしょう。ちなみに、なんで俗っぽくないとダメなんですか」

そこがちっとも分からない。イトウさんはできの悪い子供を見るような目で僕を見た。

「そういう人と交渉できる気がしないからです。大抵の人は聖人を相手にして自らが安心するために弱点を探すし腐すし、交渉を持ちかけられても警戒すると思います」

「なるほど。聖人でなくてよかった」

イトウさんは僕を睨んだが、聖人が傭兵をやるわけないだろ。というのが正直なところだ。

　僕はため息。イトウさんもため息。ため息ついでに彼女は口を開いた。

「この件はやめましょう。私がどれだけ説明しても貴方は理解しないし、納得もしないでしょうから。いずれにせよ、子供たちの成長を願うなんて日本では些細《ささい》な望みでしょうけど、それは世界では、二一世紀の今でも大変なことですよ」

「だからといってやめられません」

「そうでしょうね。あなたの目は誰よりも猛然とそれを語っている。もしかして、世界が間違ってると思っていますか？」

「心の底から」

　僕が即答すると、イトウさんはテーブルの下の僕の脚を蹴った。よくない受け答えだったらしい。

　そんなことを言われても、事実は事実だろう。僕が身を持ち崩して今や子供使いなのは僕の勝手だ。それで野垂《のた》れ死んでもまったく致し方ない。しかし、子供はそうじゃない。選択肢がない、適切な選択肢を選ぶだけの学力もない。だからそれが、世界が間違ってるというんだ。

「世界全部を敵に回すような目をしていますよ？　虜囚《りょしゅう》さん？」

　イトウさんはため息と苦笑の中間の顔でそう言った。

「虜囚がそんな大それたことを思うわけがないじゃないですか」

そう返した。しかしジブリールといい、最近テーブル下で空中戦するのが流行っているんだろうか。

僕の表情に気付かないふりでイトウさんは喋っている。

「はいはい。まあ、私個人はあなたの味方のつもりです。他にも政府内部ではそこそこいると思う。だからといってあなたが無事に釈放されるかは分からないけれど、理解者がいないではないことは事実として知ってもいいでしょう」

「ありがたい話です」

イトウさんはにこやかに笑った。この表情は、分かる。値切りする時の客の顔だ。

「じゃあ、そうでない人たちのために、俗物と交渉するためにあなたが何を持っているのか、確認させてくれませんか」

第2章

北京籠城

一時間ほど話をして、僕は自室として割り当てられている部屋に戻った。

こういうやり取りは門外漢《もんがいかん》なのでよく分からないというか、情報の相場がわからなくて困る。日本語で喋り、やり取りしているはずなのにちっとも意味がわからないという体たらくだ。まるで女性と話したような感じ。そういえばイトウさんは女性だった。いや、しかしそれとこれは違う。どう違うのか明確に言えないのが残念だが。

一つだけ分かったのは、今のところ密林と連絡は取れない、ということだ。子供たちがどうなのか心配だ。報復攻撃とかしないだろうな。

腕を組んで考えようとして横にジブリールがいたことに仰《の》け反《ぞ》るほどびっくりする。

ジブリールは不思議そうな顔。

「何か?」

「いや、部屋までついてきたので」

「考え事をしているアラタはいつも無防備です。誰かが守らなければ」

何を言ってるんですかという顔。どうも僕が気付いてなかっただけで、ずっとそうしていてくれたらしい。それもおそらくは、色々な子供たちが分担して僕を守ってくれていたのだろう。

子供に気を遣わせていたなんて、自分で自分にがっかりしつつ、僕はジブリールの頭を撫でた。

「いやいや、ここは大丈夫な場所だよ。まあ、しばらくはね」

あれ、何か間違いを言われたような顔をしているぞ。そうか、よく考えればジブリールも丸腰だった。つまりこの状況は、護衛は表向きの理由というか口実で、事実は僕と一緒にいたかっただけらしい。なるほど。

「寂しかったのかい」

そう言ったら、ジブリールが怒った。瞬間湯沸かし器だった。違ったか。子供は難しい。やっぱり実子でも作らないとダメかな。まあ、そんな余裕もないのだけど。

「さ、寂しいなどと……」

あれ、やっぱり寂しかったのかな。難しい。思春期難しい。

「まあ、少しはそういうこともあったかもしれません」

聞こえるかどうか怪しい声でジブリールは言った。言った後、上目がちに僕を睨んだ。これは分かる。言わせるなって顔。

「悪かった。英語で話したかったんだが、向こうが日本語に固執していてね」

「英語が苦手なのではありませんか」

そんな感じでもなかったが、そういうことにした。イトウさんがどんな考えで日本語を使ったのかは正確には分からないが、もちろん母語だから、という可能性が一番高い。いや。違うかな。ジブリールに聞かせたくなかった。そういう内容でもなかった。僕よりも顔に出やすい彼女のこと、英語で喋った方がかえってよかったはずだ。イトウさんは日本の見えない力、つまり情報機関の人だと思うのだけど、その人が情報を集めないで何をするんだか。

僕は頭を掻いた。しばらく掻かないように気をつけていたのに癖が復活しそうだ。んー。前提が間違っているのかな。

虜囚には過ぎたるベッドだが、保護された人間からするとあまり立派でもないベッドの上に倒れこんだ。すかさずジブリールも一緒にダイブしてくる。子供っぽくて可愛らしいが、好奇心と期待に満ちた顔で僕を見るジブリールを叱って起き上がり直し、考え直すことにする。しおれているジブリールがなおさら可愛らしい気もするが、まあ気のせいだろう。

頭を切り換える。ジブリールは重要なきっかけを口にした。日本語で喋ったのはなぜか。何度考えても結論は同じになる。そこだけ切り取ると、まるで情報を得たくないようなそんな感じだった。変な話だ。情報を得るのがイトウさん家の仕事だろうに。

気にかけても仕方ないような話なのかもしれないが……いや、気にすべきことだろう。情報は重要だ。誰にとっても。

そういえば保護された当初から向こうはこっちの情報を聞こうともしなかったな。その時は僕のことなんか全部お見通しで尋ねる価値もないからだと思っていたのだけれど。

僕は腕を組んだ。……イトウさんの不自然な動きからして、どうも違うらしい。どういう事だろう。さっぱりわからないな。

まだしおれているジブリールの横顔を見ながら、世界がジブリールくらい分かりやすければいいのにと思った。いや、ジブリールの考えだって僕には分からない時が多いのだけれど。

そうか。そもそも日本だって一人の人格で出来ているわけでもないのだし、色々な思惑が重なって今のようになっているのかもしれないな。今のところ明確なのはイトウさん。彼女がジブリールから情報が漏れないようにしていたという事実だけだ。

日本としては情報が多いほどいいだろうから、今回のこの動きはイトウさんなりの援護射撃だろう。

なるほど。味方のつもりですという言葉に嘘はなかったというわけだ。つまり日本の、僕の処遇を決めそうな立場の人が、意見違いで二分か三分されているんだろう。さらに言えば僕をどうするか決めかねている、と。

つまり現状は、綱渡り。

ぎりぎり、瀬戸際《せとぎわ》、マージナル。僕の立場は相変わらずずらしい。

僕はジブリールに顔を近づけた。彼女が息を呑むのを感じたが、いや、そんな娘さんみたいな反応はやめて欲しい。誰かが見ていたら、いらぬ誤解をされそうだ。

顔を近づけたまま、ひそひそ話する。

「どうも盗聴器やら監視カメラやらがあるらしい」

恥ずかしそうにジブリールは身じろぎした。

「我々を監視してどうなるんですか」

「それについては僕もそう思うんだけど、日本が僕の処遇を悩んでいるのは確かだ」

ジブリールは少し身を離した。二人きりだととことん甘えたり近づいたりする癖に、第三者の目があると、距離を取るのがジブリールの部族風だ。

「戦うべきです」

「いざとなればそうするけどね」

ジブリールが勇ましくて僕は嬉しい。それが生きようという意思だと思うから。僕ももう少し、気合いを入れるべきだろう。子供たちを守るのは僕だ。

「どうすればいいですか」

「それはこれから考えるよ。それはそうと、僕の頬を引っ張るのはやめてくれないか」

「知りません」

知らないのか。いや、なんというか日に日に女の子から娘になってるみたいで、娘、そう娘だ。女になったジブリールとかかなり本気で見たくない。恋人とか連れてきたときにはテストだ。テストしてやる。そのあと泣く。

まあ、それもこれも生き残ってからだな。まったくジブリールは僕の思考を変な方に持って行ってしまう。気をつけないと。

ジブリールを追い出して一人ベッドに寝転がる。

手札を減らして今はジブリール一枚だけ。拳銃一つも持ってない。自分たちの命を他人というか日本に預けるのは失敗したかな。いや、他に手はなかった。あとはまあ、日本という国がどれくらい僕のイメージと同じかどうかだな。

日本にいた頃、僕は日本の文句ばかりを言っていた気がする。海外に行って、日本も頑張ってるなと思い直した。そして日本を見せたくて子供たちを連れてきて、まあ裏切られた。日本は子供たちの安住の地ではなかった。それから銃をとって今がある。

といっても、何もかもを自分たちでやってきたわけではない。色んな手助けがあった。その中に日本政府の手助けもある。打算だなんだはあった上で、それでも手助けをしてくれたのは間違いない。その後情勢悪化から日本は手を引いたわけだけど、それでも機材は残してくれた。だから今回も日本を頼った。

悪くはない賭け、だとは思う。だからといって安心できるほどでもないが。

とはいえ、今は徒手空拳《としゅくうけん》だ。まあ、考える時間はたっぷりありそうだし、武器になるものを探そうか。

ベッドの上で転がりながらイトウさんの言葉と行動を考える。

イトウさんは味方として、その上で僕に情報を制限させたいようだった。つまり情報の出し方次第では僕は有利にも不利にもなるらしい。綱渡りだな。

せめてもう少し、何か手掛かりがあればいいのだけれど。何が良いか悪いかの指針は欲しい。ヒントは先ほどの会話の中にある。おそらくイトウさんはそれを伝えたいが口にできない立場だった筈だ。

なんだ、それは。

自分で言うのもなんだけれど、僕は相手が何を考えているのかを類推するのがあまり得意ではなかった。特に女性は苦手だ。敵の、特に賢い部類なら分かるんだが。今回の件だってそうだ。クリーク嬢というか新的将軍が何を考えてあんな行動に出たのか、まったく分からなかった。

僕としては子供に危害がなければどうでもいい話なのだけど、分からないままほっておけないのが悲劇だな。なにせ、世界の半分は女性だ。その考えを読めないのでは、子供たちが危ない。最近は軍隊にも女性は多い。

本当に僕に女心なんて分かるのかな。逆立ちしてラーメンを食べるようなものの気がするけど。

苦笑した。女心を分かろうなんて、モテようと思っていた高校生時代以来だ。いや、その後の専門学校時代も女の子のことばかり考えてたかな。すぐに女の子フィギュアとかの方向に趣味が移ったけど。

それがまあ、どうしてこうなった。

原因を究明しようとしてやめた。そんなことをやっても意味はない。ともあれ今は、今のことを考えなくては。

現状、僕が抱えている情報という武器は、バンバン出せばいいという類《たぐい》ではないということだけは分かっている。どの情報が武器かはまだ分からないけれど、そうであること自体は間違いないだろう。

他に分かっていることと言えば、イトウさんが味方なのと、日本全部が味方でないことだけだ。僕は監視によってイトウさんと意思疎通できない環境下で上手いこと連動、協力してことに当たらないといけない。具体的にはチーム訓練なしにチームワークというか、第三者に対して小芝居を演じて見せないといけないわけだ。さすが日本、なんでもないことを複雑にする名人だな。

昔、SNSばっかり見ていた時期がある。あの時野党やマスコミが、なんでもないであろうことを事件にしたがっていたものだ。あれだ。あれを今でもやっているらしい。進歩のないことだ。しかも実際には、野党やマスコミだけでなく官僚や政権もそうだった。

翌日、僕はまた取り調べを受けることになった。ジブリールは最初から呼ばれなかった。不服として暴れたりしないといいけれど。

昨日食事をとった部屋と同じ場所が、臨時の取調室になっていた。どうも監視システムは全部の部屋にあるわけでもないようだ。

取り調べ専用の部屋があるわけでもないらしい。

「さて、では今日も始めましょうか」

イトウさんはポニーテールを振ってうなじを僕に見せつけた。笑顔を見せる。それが僕には、上手くやれと言われているように見えて仕方なかった。

いや、実際そうなんだろう。

「お手柔らかにお願いしますよ」

「ハイジャック犯が何をおっしゃるんですか」

その割にいきなり手厳しい。苦笑して口を開いた。

「緊急避難で生き残るためでした。本意じゃありません」

「なるほど、そうかもしれません。でもそれは犯罪です」

イトウさんは睨んでるが、僕としてはどうしようもない。頷くしかなかった。

「そうですね」

イトウさんはつまらなそうにため息。なんだよその反応は。連携がうまくいってないのかな。難しい。もう少し指示っぽいことをやって欲しい。

ジブリールよろしく睨んでいると、イトウさんは僕の顔を見て少し笑った。意図が通じたか。

「幸い日本と中国の間には、犯罪人の引き渡し協定はありません。でも、中国が代理処罰を求める可能性はあります」

「誰かが同じようなことを言っていました。その上で、中国に対しては正直に言って僕は悪感情を持っていません。彼らに迷惑をかけたことは心苦しく思っています」

僕の答えはよくなかったのか、イトウさんは腕を組んだ。

「刑に服すと？」

「正当な裁判の結果がそうであれば」

本気で言ったつもりだが、イトウさんはそういう風には取らなかったようだった。少々顔を赤くして横を見た。

「よくもまあ、ぬけぬけと。あなたはこの八〇年で一番中国人を殺した人物ですよ」

つまり僕以上は、太平洋戦争というか日中戦争まで遡《さかのぼ》らないといないと。まあそうだろう。僕は肩をすくめた。

「そうなんですけどね。それでも彼らの、少なくとも一部が僕に親切だった事実は揺るぎません」

「じゃあなんで逃げ出してうちに助けを求めたんですか」

粘着するような目つきで見られる。僕は頰を搔いた。

「それが、中国から逃げ出したわけではないんです。シベリアから逃げ出したわけでして」

「赤い日本は、我が古い方の日本の友邦です。ある意味、中国以上に」

きっぱり言われる。そんなことを言われてもな。イトウさんがどんな回答を求めているにせよ事実は事実。それに話には流れ、というものがある。僕はため息。

「そうなんでしょうけど、僕にはいいクライアントではありませんでした」

イトウさんは少し身を乗り出して来た。ここからが本番だぞ、という目をしている。

「何をやって怒らせたんですか」

「ほうほう」

「怒ったのは僕で、向こうじゃありませんよ。いや、向こうも喧嘩腰ではあったんですが」

「フクロウみたいですね。ともあれそう、僕はシベリアの指示通りに動いていました」

あなたたちが知らないことを喋って良いかと僕はイトウさんを見た。イトウさんは顔を動かさずに目だけで何かのサインを送った。ＯＫなのかダメなのか分からない。

慎重にやるか。

僕は考えたふりをして言葉を紡ぐ。

「シベリアの指示通り学校に行き、シベリアの指示通り授業を受けました」

「それが、なぜ？」

イトウさんは深入りしない。合わせるつもりで僕は頷いて口を開いた。

「おそらくは僕の身柄を中国に渡せと、シベリアに連絡が来たのでしょう」

「なぜ？」

あれ、言っていいのかな。いや、ここは言うべきだろう。

「僕が思っている以上に、中国は僕を評価していました」

「憎い敵だったから、ではなく？」

「そんな感じではありませんでした」

なかなかドキドキするような間を空けて、半眼のイトウさんは唇を解いた。

「なるほど。そういう事なら中国に助けを求めた方がよかったかもしれません」

「そうか、そうですね」

僕は笑った。笑うしかなかった。確かに。

いや、しかし、それができなかった。悲劇だな。

「悲しそうですね」

「中国は本当によくしてくれました。僕のやって来たことから考えたら、特にね。もちろんそういう人たちは中国の中でも少数派なんでしょうが。実際に会った人々は皆親切でした」

「では、なぜ中国に助けを求めずに日本に？」

質問がそこに集中している。僕からすればどうでもいいところだと思うのだけれど、イトウさん、もしくはその背後にいる誰かにとっては、それはとても重要なことらしい。しかし、どう答えればよいのかわからない。僕にとって一番生存率が高いのは、どんな受け答えだろう。正解が見えない。

「正直に言ってください」

イトウさんはそう言った。目は僕をまっすぐ見ている。真意は測りかねるが、まあ、言葉通り信じよう。ダメだったら机の下から蹴っ飛ばして欲しい。

僕はイトウさんを正面から見つめ返した。

「それは多分、僕が日本人だからですね。それが無意識に作用したと思います。残念ながら」

イトウさんは肩こりでもしているのか首を左右に振って肩を回した。どういう意味なのか分からない。参った。そもそも骨の鳴る音がするところからして本当に首を回したかっただけの気がする。

「なんで残念がるんですか。当然でしょ、そこは。あなたは日本人なんだから」

「いやでも、本当に中国の人が親切にしてくれたのは事実なので」

「なるほど、まあ分かりました。あなたが日本人であることが分かって私は嬉しく思っています」

それが聞きたい答えだったのか。いや、そうなのだろうけど、理解しがたい話だ。僕がどれだけ愛国者でも、あるいは帰属意識が薄くても、どうでもいい話だと思うのだが。

いずれにせよ、僕としては正直に思うままを言ったつもりで、イトウさんは満足そうにしているから、小芝居としては合格だったんだろう。なるほど僕はこういう受け答えをするように誘導されていたのかもしれないな。しかしまあ、結果でなく動機を重要視するあたりが日本だな。

そのまま僕は部屋に帰された。廊下に椅子を出してジブリールが座っていた。座るときの姿勢がいい。背筋が伸びている。こうしてみるとお姫様みたいだな。

「どうしたんだい？」

「アラタを待っていました」

「なるほど」

無駄に体力を消耗しないように椅子を使ったのは褒めるべきか。いや、そういう問題でもないか。

「褒めるべきです」

「僕の考えが読めたのかい？」

「悩んでいるようには見えました」

「なるほど」

僕はジブリールの頭を撫でた。ジブリールは、瞳の奥で得意げに笑っている。頰を引っ張りたいが、被り物で隠れてしまっていた。それで、少し手荒く撫でた。不満そうに僕を睨むので、ちょっといい気分。ジブリールはなぜか恥ずかしそうに目線をそらした。

「弄《もてあそ》ばれている気がします」

「日本から？　いや、僕はそんな感じしなかったけれど」

「……そうではなく‼」

睨まれた。まさか弄んだのは僕、と言いたいわけじゃないだろうな。そう思ったら、何度も頷かれた。超能力でも持ってるのか。いや、さすがに付き合いが長いと分かっちゃうかな。

「あー。とにかく、部屋に戻ろうか」

「ついていきます」

ジブリールは椅子を持ってついて来た。えっ、と思ったが、ベッドの上に腰掛けるのがあまりお気に召さなかったのかもしれない。

ドアを開けながら、僕は椅子を抱いて立ち止まったジブリールを見た。目線が合う。

「ところで、何で椅子持参なんだい」

「何となくです。何かに抱きついてないとやりきれない気分だったので」

想像すると可愛い絵柄だ。しかし椅子はどうなんだ。

「ジブリールのところってぬいぐるみはよかったんだっけ」

今度プレゼントしようかなと思って言ったら、怒られた。

「私は子供ではありません!!」

「子供はいつだってそう言うんだ」

しまった、よくない流れだった。ジブリールは僕を一分ほども睨み付けると椅子を抱えて部屋を出て行ってしまった。参った。

まったくもってまだまだだな。僕ってやつは。

反省しつつ、ベッドで昼寝でもするかと思っていたら電気が勝手に消えてくれた。こりゃ便利だなと思っていたら廊下の方で騒ぎになっている気がする。中国が攻撃して来たか。それともシベリアか、どちらにしても派手なことだと思っていたらノックの音がした。

ジブリールだった。まだ、椅子を持っていた。

「攻撃でしょうか」

「だとすれば無茶をやるもんだね。国を一つ相手にするのは大変だ。傭兵隊長を一人片付けるのとはわけが違う」

「そうでしょうか」

ジブリールは疑わしそう。僕は苦笑した。

「そうなんだよ。いくら日本が軍事行動に消極的でもね。ところでその椅子、まだ持ち歩いているのかい？」

「他に何もないので」

やはりぬいぐるみがいるような気がするな。ついでなんでジニとかサキとかにもあげてみようか。ジニは喜んでくれそうではあるが。

益体《やくたい》もないことを考えながら、ジブリールを部屋に招き入れる。

扉の前を外してジブリールは椅子の上に腰かけた。僕も同じだ。特殊部隊が相手でなければいいんだが。

「シベリアが攻めて来たのでしょうか」

「どうかな。……いや、普通に考えればないだろう。中国の国内で軍事活動すれば中国の面子《めんつ》は丸潰れだ」

シベリアというか、新的将軍が酷い目にあったのは確かだが、中国を敵に回すような愚は犯さないだろう。僕を殺すなら暗殺という手法を取るはずだ。

「敵が愚かならあるのでは」

ジブリールの返事に苦笑がでてしまった。昔、敵の愚かな行動に被害を出したことがある。確かに。同じミスはもう沢山だな。

「それもそうか。では敵が愚かだった時のことも考えて動くとするかな」

僕がそう言うとジブリールは上を見た。明かりがついてないのが気になるよう。立ち上がって何度か照明のスイッチを押し、そして戻って来た。

「敵は電気を切断しています」

事故と考えるのは甘すぎる考え方だろう。新的将軍だか中国だかは分からないが、随分と愚かなことをする。それとも、彼らからすれば愚かなことではないのかな。

さて、どうするか。

最初の選択肢は敵が中国軍かどうかだな。今や日本の三倍以上の国力を持つ中国だけど、だからと言って日本とことを構える可能性は低いように思える。では第三者の……傭兵はちょっと飛躍しすぎかな……そうだな、自称愛国者を動員して攻めてくる、というのはどうだろうか。これはありそうだな。いや、しかし市民が門の外で抗議集会をやるならともかく、力ずくで攻めてくるとなるとまた話は別だろう。

となれば、敵の攻め手はそれ以外になる。何だろうな。特殊部隊だろうか。まさか。

僕が考えるうちにジブリールはベッドの下を確認している様子。僕の方に顔を向けた。

「この下なら、大丈夫そうです」

「大丈夫だろう。現段階でも砲撃や爆破音は聞こえてないし、射撃音もない」

安心させるために言ったのに、ジブリールはなぜか不満そう。やっぱり女性の考えていることはよく分からない。いや、ジブリールの場合はまず子供というところもあるのだけど。

女性については分からなくてもいいやと思っていたが、子供の考えていることはすごく分かりたい。そんな気になった。いや、常々思っている。

「そんな顔しないでくれ。分かった。ベッドの下だね」

僕がベッドの下に滑り込むと、ジブリールも嬉しそうにベッドの下に入ってきた。薄暗くても笑顔なのが分かるくらいだった。ベッド下を喜ぶあたりまだまだ子供だな。そういえば僕だって昔は隠れんぼを喜んでいた。

「ここなら誰も見ていません」

「ああ、なるほど」

いや、停電で監視カメラや盗聴器も使えない状態だと思うのだが、僕は言うのをやめにした。寝転がったまま頭を撫でてやる。最近ジブリールにはストレスばかりの環境だったので、ちょうどいい。多めに撫でよう。

外の様子に聞き耳を立てながら頭を撫でる。ジブリールは被り物を取って頭を撫でられている。そのうちジブリールの息ばかりが聞こえるようになった。

近い。ジブリールが近い。

「あの」

僕はジブリールの口を塞いだ。ドアが開いた音がする。

ベッドと床の隙間から見えた脚は、編上げ靴を履いていた。四つ、つまり二人。声を掛けるでもない様子。つまり、大使館関係者ではない。敵だろう。それもそれなりに装備を調えている、自称愛国者たちではなく、プロが相手ということだ。

愚かな敵かもしれないと考え直しはしたものの、直接攻撃まではこないと思っただけに、これは驚きだった。僕が先生なら○点つけるの間違い無しのことをやる。

そんな敵に裏をかかれているというのはあまり面白くない体験だった。今後はもっと気を付けていくにしても、とりあえずは、さて、どうしてくれようか。

敵は何も言わないで見回している様子。家捜《やさが》しをされればすぐだろう。遊びのつもりでベッドの下に入ってて正解だった。いや、どうかな。こっちも奇襲のチャンスを一度逃している。ドアの陰から攻撃すれば一人くらいは倒せたかもしれない。

ドアを開けっ放しのまま、敵は唐突に去った。今時聞かないようなジリジリという警報音が鳴ったのはそれからすぐだった。敵は警報に動じることもなく、今度は隣の部屋を見ているようだった。

さて、どうしよう。いや、どうしろと。

僕の手元にはジブリールしかない。それ以外に武器はなし。大使館はどうだろう。いや、武器なんてほとんど持ってないはず。そもそも大使館を守るものは武力ではない。外交力だ。

外を注意深く監視して、足音に神経を集中させる。ジブリールも耳を傾けているらしい。なかなかギリギリの状況だ。それにしてもあの警報、役に立っているのかな。援軍が来てくれればいいんだが。

映画の登場人物ではあるまいし、ベッド下から這《は》い出て戦う意味はあまりないように思える。とはいえ、ここでは身動き取れないので敵が気付けば一巻の終わりだ。難しい判断がいる。

足音を聞く。敵は遠ざかっている。僕はジブリールの頭を撫でてそろそろとベッドから這い出た。これで身動き取れなくて終わり、ということはなくなった。一方で別の終わりは近づいたかもしれないが、それについては考えないことにした。何かをなせば、何かを失う。そういうものだろう。僕は子供を得て、趣味を失った。

聞き耳を立てつつ、廊下の外の様子を警戒。編上げ靴の特徴的な足音が聞こえる。目の前の廊下を通り過ぎる。ジブリールは静かに椅子を持ち上げた。僕が目を点にしていたら、おもむろにふるって編上げ靴を履いた一人の後頭部を殴りつけた。ああ、他に何もないので、とは武器のことだったか。

逞《たくま》しい娘の活躍にいささか呆然《ぼうぜん》とする間に、当の本人は素早く、そして抜かりなく動いている。後頭部を殴られて昏倒《こんとう》した敵はヘルメットは装着しておらず、銀行強盗が被りそうな黒い毛糸のマスクをしていた。あれなんていうんだっけ。そう、バラクラバだ。痙攣《けいれん》している。

ジブリールは倒れた男の拳銃を奪って頭に発砲、一人片付けた。敵はそれなりにいい体

格で、僕とジブリールでは暴れ出されたら押さえ込むのが難しいから、これは的確な判断だ。残念だが捕虜をとれるような状況ではなかった。

まあいい、一人二人生かせばいいだけだ。

それにしても、思ったよりずっと静かな発砲音に驚いた。銃の作動音しかしないくらいのレベルだ。ジブリールの手にある拳銃を眺める。これなら耳当てなんかなくてもよさそうだ。

銃身が太い、変な形の拳銃。おそらくサイレンサーというか、サウンドサプレッサーを内蔵した暗殺用途かなにかの専用銃だろう。他に持っているのは、前に試射したことのある中国製サブマシンガンだ。頭を撃ち抜いた敵は飛び出た眼球から確認するに、どうやら金髪、青い目だった模様。これだけではどこの国のやつかは分からない。傭兵を使っているとかなら、なおさらだ。

部屋の中に死体を引きずり入れて隠し、武器を奪う。通信機のような物を見つけて参った気になる。敵がどれだけいるのか分からないが異常に気付く可能性が高い。

「移動しよう。部屋の中で手榴弾を転がされたら厄介だ」

敵と鉢合わせするのが嫌なので、窓の外から下の階に降りようと考えて、窓が開かないことに気付いた。ガラスを破ることはできるだろうが、それじゃあ自分の居場所を教えたも同然だ。それに、外に援護の狙撃手が配されている可能性もある。敵戦力が分からない以上は大胆に動くべきではないだろう。

ゲームと違うのはこういうところだ。リセットはないし、駒にも人生がある。

ジブリールが手鏡で外の様子を確認する。移動開始。ジブリールはサブマシンガンを持っている。人影は全くなく、おそらくは敵によって制圧され、一ヶ所に集められているであろうことが予測された。

大昔に、南米のペルーだったかで大使公邸が襲撃されたことがあったと聞いたことはあるけれど、今の状況を見る限り、その教訓はなんら活《い》かされなかったようである。愚かだと笑ってやりたいが、この事態、僕にも責任があるのだろうし、それに僕だって、ソフィをあんな目に合わせたのに今回は敵の襲撃はないと判断していた。いつだって愚かな敵はいるというのにな。

いつでも人間は楽観的に動いている。気を付けなければ。失敗は一度で十分だ。それ以上は多すぎる。

まずは自室から離れよう。歩いている途中で自衛隊の制服を着た人が一人倒れていた。丸腰。武器を奪われた形跡もない。ただただ、殺されている。警備の担当者が丸腰だったら嫌だなと思いつつ、さらにそこからも離れる。

大使館で僕が歩き回れた場所は少ない。取調室と自室、あとトイレと風呂だ。ゲームならこのまま知らない場所を探索していく状況だが、僕としては敵の規模も分からないのにそんなことをしたくなかった。

こういう状況の戦闘は運にも左右される。僕は運に自分の娘を賭けたくはない。

「トイレに行こう。女子トイレだ」

個室が沢山並んでいるあたり、隠れるには向いている。足音を立てぬように歩き、トイレに到着。古いタイル張りのトイレには、木の板で作った個室がおあつらえ向きに並んでいる。

手洗い場の小物入れは、へえ、こうなってるんだという感じだった。だがまあ、今はどうでもいい。まずは戦闘に備えなければ。

ドアが全て開いているところからして、敵は女子トイレも律儀に調べたようだ。ちょうどいい。個室の一つに二人して隠れ、わざとらしく一つのドアは閉めておく。古いトイレだけあって木の板は厚い。手榴弾の破片くらいは防げるかもしれない。

敵は数が多くなさそうだ。一度調べたところを再度調べるのは大変だろう。そして、敵には時間切れがあるはずだ。本格的に日本と事を構えるなら、こんな中途半端な攻撃というか、小規模攻撃はやるまい。この攻撃は論理的ではない、感傷的でヒステリックな攻撃だ。

問題は、この攻撃をしてきたのが誰かだな。ヒステリックだからシベリアと決めつけたいが、ちぐはぐなのは中国のお家芸でもある。今のところはどっちもある、というわけだ。

考え事をしている間に足音がした。敵はこちらが足音を頼りにしていることに気付いていない。数は二つ。多分だが。

隣のジブリールがそっと銃の安全装置を外した。中国のサブマシンガンは安全装置が少なくて、ちょっと怖い。いかにも昔の銃という感じだ。射撃フォームは肩に力が入りすぎているようにも見えるが、まあ、当然といえば当然か。

閉めているドアを開く音。ジブリールが勢いよく飛び出して銃を撃った。サブマシンガンとはいえ凄い発射音。しかもトイレで反響してとんでもないうるささだった。耳をつんざくとはこういうことをいうのだろう。

僕が顔を出すと二人が死んでいた。跳弾《ちょうだん》はなさそうで弾が壁に穴を開けている。そういえばこの銃は威力が妙に強いのだった。敵を殺すにはどうかなと思っていたが、こういう局面では使えるな。そこまで分かって作り続けているかどうかは分からないが。

一人は木の扉ごと撃ち抜かれて死んでいた。これは木の扉が弱いというより、銃が強力だったというべきだろう。威力の強さは反動の強さに繋がるから、個室というか仕切りの上からジブリールが射撃しなかったのは当然だろう。彼女が肩に力を入れていた理由も分かった。前に警察署で銃を試射していたので、ジブリールはこの銃の特性を分かっていたのだ。

ジブリール、偉い。というか、ジブリールは随分と成長していたんだな。

ひどく感慨深い気分になりつつ、それと比べて自分が成長していない気分になって顔をしかめる。人には得意不得意がある。ジブリールが語学がダメなのを叱るんじゃなくて、得意なところを褒めてもっと伸ばすべきだな。いつまでも戦争をさせるつもりもないので、戦争以外の向いた何かを探すべきだろう。

敵から弾をいただいて、ついでに僕も武装する。とてもジブリールのようには活躍できないが、支援ぐらいはできるだろう。

「これで三人。ジブリール、怪我《けが》はないかい」

「腕が痺れました」

ジブリールの腕を取る。やっぱり反動が激しかったのか、細い腕が震えている。僕は腕を撫でた後、褒めることにした。

「ジブリールを連れてきてよかった」

「今度から離さず連れて行ってください」

「ん？　いや、二人きりで作戦なんてもうこりごりだよ」

僕が笑うと、思いっきりつま先を踏まれた。痛い。ジブリール難しい。猫の目のように戦闘の会話から日常会話に変えてくるので困る。

戦争はもっと真面目にやるべきだ。

そう思いながら、また移動。今のところ無力化したのは合計三人。敵がどれくらいの規模なのか判然としないが、大規模である可能性は低そうだ。大規模だったら、もっと戦術単位と戦術単位の間隔を短くするだろう。銃声が聞こえてすぐに援軍が届かないようでは、いいように各個撃破されてしまう。

「次はどこで戦いますか」

「少し考えさせてくれ。とりあえずは取調室だ。あそこには窓がない」

敵の装備を確認した感じ、普通持ってそうな手榴弾がなかった。室内の一発制圧は無理だ。となれば窓のない部屋に対してはドアから撃って来るしかない。攻撃が限定されれば当然対処もしやすくなる。数の優位も活かしにくいだろう。

しかし、なんて間抜けな敵なんだ。というよりも襲撃を命令した誰かがかなり抑制的な指示を出していると見るべきかな。僕は殺したいが、日本が怒りすぎないように気を遣っている。中途半端な気の遣い方だ。上が無茶を言って下が諫《いさ》めた、というところか。

僕はパウローの顔を思い描いた。まあ、そういうところだろう。警察の到着が遅いのは中国が黙認しているから、というあたりか。とはいえ片棒を担いでいるとは中国も思われたくないだろうから、何時間も待つ、ということはしないだろう。

考える材料は少ないが、およそ敵の取れる戦術は見えてきた気がする。人員も装備も十分ではないのに突入作戦を命じられ、人的被害も出ている。敵指揮官は選択を迫られている。

つまり、撤退か、それとも最後のチャンスにかけて全員でこのフロアに集結するか。決断に迷う指揮官の背中を押すのは簡単だ。情報を与えればいい。問題はどちらに押すかだ。現有戦力から見て撤退させる方に押すのが一番だが、敵陣営に与えるメッセージというものもある。敵に対して実力を示すのは、相応に意味はある。

「上のフロアに行こう。敵がいつ撤退するにせよ、出て行くときは屋上からではない。上に行く方が遭遇率は低くなる」

ジブリールに伝える。ジブリールは疑いもせず僕に頷いた。

「分かりました」

敵との鉢合わせが怖いところだが、狭い部屋で震えて待つのも怖いものだ。腕時計を見る。二人の敵を倒して二分が経過している。

僕たちにとって今怖いのは遭遇戦、それと、敵が待ち伏せしている場合だ。特に、待ち伏せが怖い。防御力がない状態で一方的に攻撃されうるからだ。

しかし今回、敵は待ち伏せを選ばないだろう。数が限られるなら待ち伏せできるポイントも限られるし、何より敵には時間がない。

あとは遭遇戦を防げれば、運を天に任せないでいいんだが。

歩きながら考える。敵がもたもたしているのは判断に迷っていることもあるだろうが、戦力を集中させているのもあるだろう。集中しきる前にやれるかどうかだな。

「走ろうか」

僕がそう言うと、ジブリールは拳銃の方に武器を持ち換え、両手で銃を握って銃口を下に走りだした。こっちの足音がうるさくなって敵の足音を聞き取るのは難しくなる。リスク満点。しかし、じっとしているよりマシ。

階段は二ヶ所、エレベーターは敵も味方も使わないだろう。自分の居場所を知らせる絶好の道具だからだ。だから僕はエレベーターのボタンだけを押して階段を上る。少しでも攪乱《かくらん》になればいい。

銃声。うるさい。後ろの壁に弾が当たったか小さな破片が僕の後頭部に当たる。

距離が遠いのと、中国製のサブマシンガンの命中率の低さに助けられた。慌てて階段の陰に。敵ははるか向こうの廊下から撃っている。すぐに部屋に隠れた。数は多分、四。

あんな距離から撃つなんて間抜けだな。もう少しで死にそうだったけど。

いや、足止めして挟撃あたりが狙い目だろう。別働隊がこっちの階段に向かっている。

「仕事熱心な敵だね。逃げればいいものを」

「どうしますか」

「こっちの階段からも敵が来る。敵の数は一人、もしくは二人。来る方向は上からだ」

「分かりました」

ジブリールは僕の言葉を微塵《みじん》も疑わなかった。上にだけ意識を集中し、拳銃を構えて、撃った。

こちらの銃は作動音しかしなかった。なにかが崩れ落ちる音で、戦果を知った。

「上に行こう」

「はい」

階段を上って上の階へ。下の四人が追って来る可能性はもちろんあるが、まあ、それはないだろう。停電が始まってそろそろ一時間になる。タイムリミットは、多分それくらいだ。実際にはその前に撤収しないと逃げ遅れる可能性が出てくる。

「敵が一人出てくる。距離は遠目だ」

「はい」

向こうの部屋から後ずさりしている敵が見えた。ジブリールがサブマシンガンで射撃する。ジブリールでも当たらない。いや、銃の反動を抑えるには、体格的に無理があるんだろう。敵がこっちに気付いて応射もせずに走って逃げた。

「追いますか」

「必要ない。それより、そこに人質が集められていると思う。助けに行こうか」

「はい」

ジブリールは手が痺れるのか腕を振ったあと、僕に並んで僕を見上げた。そこまで首を曲げないでもいい気もするが、昔からの癖なんだろう。施設に預けようとして泣きわめくジブリールを抱き上げた、あの時から。

「どうかしたのかい」

「すごい指揮でした。知っていましたけど、それでもすごい指揮でした。空から敵を見ていたようです。なぜ分かったのでしょう」

少しばかりジブリールは興奮していた。勝ったというか生き残ったのが嬉しかったのか。それとも久し振りに戦闘をしたのが嬉しかったのか。戦闘を喜ぶような娘にはなって欲しくないなあと思いつつ、頭を掻いた。

「敵が総勢九人くらいというのは、途中で分かった。敵が政治的な制約で少人数なのは分かっていたからね。せいぜい二〇、まあそれでも多すぎると思った。それで、最初の一人を倒した後、妙に間が空いたのが気になった。そもそも一人、というのも妙だ。二人一組で動くのがセオリーなのにそれができてなかった。つまり人数不足だったんだろう」

「……素晴らしいと思います」

ジブリールはイブンみたいな目で僕を見ている。嬉しいような、自慢げなような。僕としては複雑な気分だ。こんなことで、ぎりぎりのオペレーションで褒められたくはない。戦いは完勝が一番いい。今回は仮定と運に頼りすぎだ。

「素晴らしくもなんともないさ。まあ、それで、三人倒した後、敵からすれば普通ならすぐに援軍を送るはずだが、それが遅かった、敵は集合をしてたんだろう。数が少なくてこの建物に広く散らばっていたのなら、わかる話だ」

「一二でもなく八でもなく、九と、どうやって見破ったのでしょう」

ジブリールは僕の目を見て笑っている。

ジニより複雑な、というか感情表現が下手なジブリールにしては、随分とストレートな喜びだった。僕は苦い顔。彼女が大きくなって、恋人に傭兵とか連れてきたら泣く。

「いや、一〇かもしれない、とは思ってたんだけどね。敵の増援が四という時点で倒した敵と合わせれば七だった。しかし階段で敵が足止めしている以上は別働隊がいる。その数が一なのか二なのかは詰め切れなかった。二人一組で動くのを考えれば一〇人の方が確率が高かった」

一人足りないのは外で何かをやっているのだろうと僕はあたりをつけた。中国の動きを監視するのと、撤退支援をやってる人員が一人か三人か、それぐらいいるんだろう。

「上から敵が来るとなぜ判断したのですか」

「敵は撤収する最中だったんだ。あえて戻っては来ないよ。あの遠くから撃ってた敵の四人も、撤退ついでに撃っていたんだと思う。おそらく撤退するにもそれなりの人数が必要と考えていたんじゃないかな」

敵は何が何でも僕を殺そうとまでは動いてなかった。それよりは自己生存を優先した。理知的で理解できる範囲の動きだ。最初からこの任務に後ろ向きだった可能性が高い。あるいはそこまでパウローに言い含められていたのかもしれない。いずれにせよ、タイムリミットの恐怖があったのは間違いない。全滅を選ぶようなことがない敵で助かった。あるいは、ヒステリックな指示に対しての抵抗というやつかな。いずれにせよ、敵は敵に足を引っ張られて撤退した。幸いにも。

僕たちは二人して敵が撤退した跡に来た。ここは会議室らしい。隅に人々が固まっていた。大使氏の姿も見える。

死体は特になし。きっと羊のように従順で、お陰で一人も死なななかったのだろう。しかしもう少し皆で協力して抵抗していたら、少々人数は減っても自力で追い返せた、とは思う。まあ、僕にとってはどうでもいい話だが。

ジブリールが被り物をつけているのが目の端に見えた。それはそうと、営業スマイル。

「やあ、こんにちは」

「じゅ、銃を捨てたまえ」

大使氏はそんなことを言っている。前と後ろを間違えるようなこういう人は、たまにいる。ミャンマーにもいた。僕にロケット砲を撃ち込まれていたけれど。

「それはもちろん構いませんが、また敵が襲って来たらどうするんですか」

僕が言うと、大使氏は黙った。いやすぐに僕を敵を見るような目で見た。

「そもそも君が……」

「証拠があっての話なんでしょうね」

また黙った。

まったく、こっちは子供の養育費も貰っていないのに仕事をしたんだが。

「いずれにせよ、僕にあたるのではなく、警備担当者と話をすべきでしょう。違いますか。武器については安全を確認次第いつでもお渡しします。負傷者などがいるようならすぐに手当てしましょう」

ジブリールは日本語が分からなくてもなんとなくは察したらしい、僕を見て殺しますかと言う顔をしている。僕は首を振った。

「お金を貰ってもいないのに殺してやる必要はない」

英語で言ったら、皆の顔から一斉に血の気が引いた。どうも皆英語が分かる日本人だったらしい。僕が昔英語が全く分からなかったので油断していた。

まあ、いいか。いやよくないか。

「あ、こっちの業界用語ですので、どうぞ、お気になさらず。ご安心ください。この娘はとても可愛いらしい自慢の娘です」

笑顔で言ったがどうも効果は薄かった。やれやれ、日本人と付き合うのは大変だ。

「ところでイトウさんと言うか、僕と面談していた女性はどこでしょう」

「須頭《すがしら》調査官の方でしたら、こちらには……」

大使氏と違って話の分かりそうな女性がそう言った。僕は頷いた。

「彼女を捜索してきます。それと、来る途中で自衛官と思われる人が一名、死亡されていました。武器は持っていませんでした。多分、最初から武器を持っていなかったと思います」

皆の顔が強張《こわば》ったが、そんな顔をするなら手助けしてやった方がよかったんじゃないか。

「残念です。では」

「待ってください。また襲撃されたらどうするんですか」

誰かが言った。言った人が分からないくらい、皆言いそうな顔をしていた。銃を捨てろと言ったり行かないでと言ったり、大変だな。

嫌悪感は覚えるが、まあこの人たちは明日の僕の給料だと思うとあまり腹も立たない。むしろ、そうでも思わないとやっていけない。

僕はなるべく、怒りを表に出さないようにのんびりと言った。

「そこは自分で考えましょうよ。そもそも、同胞を助けるために行動すべきです。僕が言うのもなんですが。今度こそ失礼」

僕は歩き出した。ジブリールがすかさずついて来る。

「あの人たちはなぜ動かないのですか」

「前例はあっても次は自分だと思わない。想像力がないゆえの慢心、あるいは楽観かな。

「昔の僕もそうだった気がする。昔すぎて分からないが」

「アラタは違います」

ジブリールはなぜだか胸を張って言った。僕は笑ってしまった。

まあ、自分の思い通りにならないからって騒ぐのは傲慢というものだ。謙虚な傭兵は思い通りにするために、まずは銃弾を用意すべきだな。

「拳銃は隠しておこうか。一応のために」

「はい。サブマシンガンは？」

「貫徹力はすごいと思うけど、扱いにくいね。事が終わったら日本にあげよう」

「ないよりはマシです」

柔らかく再度武装解除することを言ったら伝わらなかった。歩きながら言い方を考える。

「次はもう少しマシな武器を用意してあげるよ」

そんな話をしながら歩く。窓ガラスに映る僕とジブリールの様子ときたら、まるで恋人同士のようで、ちょっとガラスに文句をつけたくなる。ジブリールが照れて下を向きながら歩いているのが主として悪い。これで銃を持っていなかったら危ないところだ。注意しないと僕のような子供に戦わせる悪党は罪の意識で死んでしまいそう。というか、なぜ照れる。今の会話のどこにそんな要素があったんだ。

ガラスに苦笑して少し早歩き。イトウさーんと声をかけたら、一室から彼女が出てきた。

ポニーテールでないのがちょっと新しいというか、何があったのか心配させた。髪は乱れてないようだけど。

「よかった、大丈夫そうですね」

「大丈夫じゃありませんよ。買い物は苦手なんですから」

なんだそれはと思っていたら、部屋の中で一人敵が死んでいた。死因は絞殺と斬殺の間みたいな感じだ。首が取れかかっている。首にワイヤーを掛け背中から全体重をかけてワイヤーを引っ張ったらしい。

買い物とはこれだろうか。だとすれば殺人を買い物だなんて、なんというか日本的だ。言葉を換えればいいという訳でもなかろうに。

それにしてもワイヤーか。ワイヤーね。

あのポニーテールの紐の正体がちょっと分かった気になって、言葉はさておき、なんだ日本にもまともな人がいるじゃないかという気になった。武器がなくてもいい時はあるが、いつもないというのはちょっとおかしい。

「なんで微妙な顔をしているんですか」

「いえ、敵の想像が少し外れたので、僕もまだまだだなと思っただけです。そうか、一〇人いたのか。まあ、そりゃそうか」

敵が撤退したのも二ヶ所で反撃があったからだろう。なるほど、なるほど。一ヶ所ならまだしも複数ヶ所で反撃があると戦力の集中も怪しくなる。撤退は妥当なところだ。敵のイメージを修正して敵の行動を頭の中で再現した。敵の指揮官は無能ではないが、武器人員に制限がつき時間制限のおまけ付き、おそらく地図も不十分とくれば当然の結果だろう。敵ながら同業として気の毒だと思うが、どうしようもない。

それにしても、この結果を受けてどうなることやら。

僕は、僕の表情を見て微妙な感じのイトウさんを見た。別に嫌悪感でこういう表情ではありませんよと目で訴えながら口を開いた。

「被害は〇ではないですが、かなり少ないと思います」

「慰め、ですか」

イトウさんはため息。彼女は僕が襲撃の目標であることを疑ってもいない様子だった。

「状況の説明です」

「ですよね」

イトウさんはため息も出なくなった様子。そのまま重い足取りで歩き出しながら、僕を見た。

「ところで、私がピンチだったら助けてくれました?」

「そりゃもちろん。ここではマトモな人も、味方も少ない」

「マトモ、ですか」

「ええ。助けに行ったら武器を捨てろと言われてしまいました」

「コメントが難しいですが、なるほど」

「難しいですか」

「監視システムが停電なんで言いますけど、子供使いアラタが日本人だなんて、政府は今もって認めていません」

「僕も認めろなんて言いませんよ」

「そういう話ではなく」

分かって言っているだろうという顔に、僕は肩をすくめた。イトウさんは僕が言葉で答える前に言葉を続ける。可愛らしく顎を突き出しつつだ。

「もういいです。しかし、自衛が主とはいえ、日本人を守って戦った事実は重いと思います。ことさら自分たちの警護体制がザルだったことを認めたくない人たちにとっては」

「そういうものですか」

「そういうものです。すぐにそういうストーリーができて、政府内部はそれに沿って動くことになると思います。表向きはどうなるか、まだ分かりませんけど」

責任問題から目をそらすために、輝かしい囮がいるんですとイトウさんは締めくくった。ひどい話もあったものだが僕としては頷くしかない。

「大変ですね」

「大変にした人が何を言うんですか。まあでも、貴方の味方をしやすくなったのはいいことですね」

「僕に利用価値があればいいんですが」

イトウさんは三秒考えた。

「まあ、それは今後頑張りましょう」

どういう意味だ。ともあれ僕たちは大使氏たちが固まる会議室に戻った。

電気はまだ回復してない。それでもやれることからやって行こうと、警備の人員を点呼したり、被害状況を確認したり、安全を確認するための偵察部隊が編成されることになった。

「僕たちも協力しますよ」

手伝いを申し出ると、一悶着始まりそうな雰囲気になった。即座にイトウさんと年配の自衛隊の人っぽい人が頷いたのに対して、大使氏などが顔をしかめたのだった。

「ぜひ、協力頂ければ」

大使氏の機先を制し、重ねて、そして確認するようにそう言ったのは自衛隊の人っぽい年配の人だ。制服を見てもどこの所属なのかさっぱりわからない。中国軍のものならなんとなく分かるのだけど。彼も察したのか、僕に向かって口を開いた。

「新田さんと呼んでもいいだろうか。私は海原大助《うなばらだいすけ》。陸上自衛隊なんだが海原だ」

きっと若い頃からそのネタでやってきたんだろう。慣れた口調だった。

「もちろんです。この子はジブリール。射手として有能な娘です」

「不本意だが彼女にも手伝って頂きたい」

率直にジブリールを使うことを不本意と言ってくれるところに好感が持てる。僕は笑顔を向けた。

「そう言っていただけると幸いです」

海原さんは怪訝な顔。

「幸いです、とは？」

「子供を使うことに嫌悪感を持ってくれる人はいい人ですよ。まあ、僕の中だけの話ですけど」

君がそう言うのかという顔で見られるが、僕だって好きでやってるわけじゃない。

「そうなのかい」

「そうなんです。まあ、他人がどう思うかはさておき。僕が案内できる部分は案内しましょう」

それで、海原さんの指揮下で動くことになった。彼は駐在武官で、本来は海原さんよりもっと年下の人が在外公館警備対策官として勤務しているらしいのだが、その人物は様子を見に行くと言ったきり、連絡が取れないという話だった。

その人物なら心当たりが、ある。戦う途中で見かけた自衛隊の制服を着た人の遺体まで連れて行き、顔を確認して貰う。この人物が警備計画を練っていたのだという。責任を感じてやったのだろうが、僕には自殺のように思えて仕方なかった。

責任感が強いといえば僕の子供にもそういうのがいる。嫌な気分になりながら敵のいなくなった大使館を見て回った。イトウさんもついてくる。

「監視なんかしなくても頼まれた仕事はやりますよ」

「いえ。忌憚《きたん》なく話せるのは今しかないので」

僕はポニーテールに戻ったイトウさんを見た。イトウさんは手でうなじを隠しながら歩く。どういう意味か測りかねていたらジブリールから腕を引っ張られた。こんな状況なのに自分がモテているように思えるから不思議だ。というか、女性の肝《きも》の据わり方はなんというか、すごい。そういえば、ひいおばあちゃんも戦時中は堂々としたものだったと祖母が言ってた気がする。

「忌憚なく話すというと」

「情報を出すタイミングを測ってください。こちらから指示します」

「僕が中国軍の学校にいたこととかですか」

「それも、です」

「分かりました。しかし、なんで出し惜しみするんですか」

「中国の監視システムは大使館内にも張り巡らされています」

なんと、政府内駆け引きは関係なかった。それにしてもさすが中国。こういうところは大したものだ。サブマシンガンにも少し予算を割いて欲しいが……まあ、威力は満点だったな。

「分かりました。んじゃ、符《ふ》牒《ちょう》を決めてそれをキーワードに喋りますよ」

僕が言うと、イトウさんは首を曲げて僕の方を見た。

「それは私が決めても？」

「ええ」

「では……ところで海原さんを覚えてますか、でいきましょう」

「分かりました」

随分と分かりにくい符牒だが、確かにそれなら不思議でもなんでもない。僕は頷いて調査を再開した。

中国大使館の警備は、中国の民間警備会社がやっているという。民間軍事会社は大抵表向き警備会社を名乗るので、僕のお仲間というところか。ところがその彼らの姿がない。

「こりゃ、逃げられましたね」

僕が言うと、イトウさんは苦笑した。

「銃も持ってはいなかったので、妥当なところでしょう」

妥当でいいのかな。いや、そう思った方が諦めもつくというところか。

外の様子を窺《うかが》う。そろそろ暗くなりそうなのに、どこも明かりはついていない。車のヘッドライトだけだ。大渋滞が起きている。クラクションもものすごく鳴っている様子。小さくしか聞こえないが、この建物の防音がしっかりしているせいだろう。

「この建物だけではないようで」

「中国政府の言い訳かもしれません。もちろん変電設備が破壊された可能性もありますけど。それも言い訳かもしれません」

ちなみに携帯電話も繋がらなくなっていた。基地局もやられているらしい。敵は大規模なオペレーションを実行したらしい。くだんの殺された自衛官も、電話が繋がらないから直接見に行ったらしい。

「なんで首をかしげるのですか？」

ずっと黙っていたジブリールが口を開いた。僕を心配そうに見ている。

「そんなに深刻そうな顔をしていたかい？」

「どちらかというと、面白くなさそうな顔をしていました。たとえるなら今日も串の焼肉だった時の顔です」

パウローのあれか。確かに。それは相当面白くない顔をしていたな。ちなみにイトウさんは特に不審も抱かなかったらしい。ジブリールの話を興味深そうに聞いている。

僕自身はそんなにへんな気分ではなかったが、ジブリールが言うのなら間違いはないだろう。子供はかわいそうなくらい僕の表情を見ているものだ。しかし、違和感、違和感ねえ。

「まあ、強いて言えばそうだな。敵の規模にしては、バックアップが厚すぎる気はするね」

「バックアップとは？」

そう聞いてきたのはイトウさんだ。彼女は諜報のプロではあるが戦争のプロではないし、業界用語にも精通してないので念押しで聞いてきたのだろう。

「突入した敵は一〇人。でも変電所に基地局攻撃も合わせるとなると、突入した敵の二倍や三倍は必要でしょう。それぐらいなら全員を突入に回した方がよかった」

「ああ、それでしたら、名目的に攻撃を受けた……とかはどうでしょう。そうですね、サイバー攻撃を受けたとか中国政府が主張する。実際は書類一式はい終わり、というのはどうでしょうか」

戦術単位Ｃより強い権力ってやつか。僕は想像する。力の形は違えど力は力だ。力を使うにはやっぱり力がいる。効率の差はあれど戦術単位Ｃと同じ程度の力を使うなら、同程度の力はかかるはずだ。となれば……。

「その場合でもやっぱり同じなんですよね。やっぱりバックアップが厚すぎる。僕ならこんなバランスの悪い仕事はしないな」

僕もだんだん気になってきた。さて、敵は何を考えているのやら。一難去ってまた一難。敵に本隊があって第二次攻撃があるのかな。

……だとすれば、随分間抜けな敵になる。一撃目の奇襲効果はもう見込めないし、夜になれば逃げやすい。

スマホが使えないので報告のためにも歩いていかないといけない。不便を感じながら僕は考えを巡らせる。

「罠、でしょうか」

「その可能性もあるけれど、敵の愚かさに過度の期待はすべきではないね」

ヒステリックな攻撃ならもっと襲撃部隊を厚くするだろう。いや、しかし今回の敵の攻撃は感情的なものを受けてのものだった。敵が二ついる。いや、それも違うな。敵の後ろに敵がいる。シベリアの連中の後ろにおそらくは中国があるんだろう。

僕は頭を掻いた。イトウさんとジブリールが僕の顔を横目で覗いている。見ても面白いものじゃないと思うんだが。

本部、というか陸自の海原さんのところへ戻る。人質が集められていた会議室には引き続き皆が集合しており、不安そうな姿を見せている。非常用電源が破壊されずに残っていたのか、明かりがついていた。

これだけでもありがたい気になるが、ジブリールは顔をしかめていた。格好の攻撃目標ではないかと言わんばかりの顔をしている。まあ、それもその通り。

「見て回りましたが敵はいません。周囲一帯停電中です。警備隊は雲散霧消《うんさんむしょう》して姿形も見えません。携帯電話は基地局が止められているか破壊されているようです」

僕の報告は彼らにいささかの感銘も与えなかったようだった。明かりのせいかもしれないが、三〇人ほどいる人員は皆一様に押し黙って疲れ切った顔をしている。自分じゃ戦ってもいないのにそんな顔できるんだなと思うが、これは僕が意地悪なだけだろう。状況が見えないとそんな風にもなるのではないか。一方で海原さんは元気だった。死者について報告した時だけは沈痛な顔をしていたが、他は冷静な顔をしている。少なくともあてになりそうな人がいてよかった。

「敵の死体から集めた武器があるんで、それで防衛隊を作ります」

海原さんはそう言った。

「敵はもう来ないと思いますが、そうですね。それがいいと思います」

そう回答して僕は控えめに手を挙げた。海原さんはどうぞと頷いた。

「多分なんですが、敵の攻撃の主目標は電気や通信の破壊、もしくは一時的停止だと思われます」

「そう推測する理由は？」

「電気や通信の攻撃の方が規模が大きそうです。こちらへの攻撃が主力と考えると、釣り合わない」

「なるほど。しかし、偵察情報があるわけではない」

海原さんはそう言った後、苦笑した。

「しかし、そう考える方が道理が通る」

目の端に映っているイトウさんが口を開いている。言葉を聞いていた大使氏が顔をあげて僕たちを見た。

「待ちたまえ、その話は今、すべきではない」

今じゃなきゃいつやるんだという話だったが、イトウさんが何か言っていたところからして、この中に裏切り者か何かがいるのだろう。ありそうな話だ。

僕と海原さんが顔を見合わせていると、別の偵察チームの人が戻ってきた。中国政府というか、警察が訪ねてきて、無事かなどと聞いてきたらしい。大した演技力だと思うが、まあ現場の方には何も知らせていないのかもしれない。

ともあれ情勢が動き出した。大使氏は二等書記官という人を送り出すと、僕と海原さんに声をかけて別部屋に移るよう指示した。いや、僕に対しては命令というよりはお願いという感じだったが、有無は言わせない感じだった。

まあ、ついて行くことに異存はない。それで歩き始めたら、すぐに呼び止められた。

「その娘さんはいい」

大使氏の言葉を、ジブリールは平然と無視した。まあ、だよね。

「すみませんが、この子は僕がついてくるなと散々言ったのにミャンマーからついてきたんです。お言葉ですが勝手についてくるかと」

「教育はしっかりすべきじゃないのか」

「僕もそう思いますが、今日のところは許してください。怖いこともあったので」

そう言うと、大使氏はあっさり納得した。悪い人ではないらしい。

「聞かせたくない内容であれば、日本語でおっしゃっていただければと思います」

「そうすることとしよう」

念の入ったことにライトまで壊されたとかで、大使氏が手に持つ私物っぽいスマホのライトに導かれて、僕は別室に入った。途中ジブリールが大使氏の背中を睨んでいたのが印象に残る。まあ、布の下では舌を見せているに違いない。

彼女たちは意外に布の下で自由なのだ。というか、自由すぎて寝癖が残ってたりするのを隠してたりする。流石にジブリールはそんなことしないが。

「襲撃者は、電気設備や通信設備を破壊していった。我々が秘匿していたものまで、全部だ」

部屋に着いた瞬間、大使氏はそう言った。なるほど。そんな重要な情報はもっと早く言って欲しい。海原さんを見ると彼も驚いた様子。せめて彼くらいにはちゃんと話した方がよくないか。

僕の考えを尻目に、大使氏は僕を見た。

「これは中華人民共和国が情報を阻害していると見ていいだろう。どんな重要な情報を抱え込んでいるんだ。君は」

まあ、気になるところだよな。それは分かる。話してもいい気がするが、さっき取り決めた約束をすぐ破るのも得策ではないように思えた。

「これまでも何度もお話しする機会はあったと思いますが」

それで僕は、そう答えた。スマホの光に照らされて、大使氏は青白く、苦い顔をしている。

「さる筋から制止があった」

イトウさんは外務省にも顔が利くらしい。僕がどう反応したらいいか、頭を掻いていると海原さんが助け舟を出してくれた。

「であるなら、秘密にしておくべきではないですか」

「そうかも知れない。だが、攻撃を受けた。これは国交が正常化して、中華人民共和国に大使館を置いてから初めてのことだ。これまでどんなに関係が悪化しても、こんなことはなかった」

大使氏はそう言って、息を吐いた。まだ肺に残ってたのか、空気、という感じ。それぐらい一気に喋っている感じだった。僕からしてはそうですかというほかないようなことだったが、彼としては結構勇気のいる話だったらしい。

僕が黙っていると、大使氏は僕に向き合った。かすかにジブリールが身構えるのを感じた。

「私が考えることはこうだ。君は、日本と中華人民共和国の関係を根本的に変化させるくらいの情報を握っているのではないか。それは今すぐにでも本国に伝えなければならない情報なのではないか」

僕は腕組み。その発想はなかった。いや、でもどうだろう。確かに北朝鮮占領作戦というのはニュースだ。しかし、それだけ。中国に色々な問題があるのは分かっているが、僕にそんな機密性の高い情報を渡すほど間抜けでもない。と思う。

僕は頭を掻いて言葉を考えた。

「僕もさる筋から黙ってろと言われたんで黙ってたんですが、でもですね、中国だってバカじゃない。元敵である僕にそんな重大なことを話しますか？」

「君が気付いてないだけかも知れない」

大使氏はあくまで僕が原因としたいようだった。まあ、僕もそういう気はするが。どうかな。さっきイトウさんと話していたようだが、話していいものかどうか。

控えめなノック、報告のために来たという男性職員だった。その人物と大使氏が話をしている。しばらく待つ。会話が終わると大使氏は職員を追い出し、ドアを閉めて僕たちの方を向いた。

「中国政府からの救援があった。テロ攻撃があった、という話だ。変電所が壊れて携帯電話の基地局も破壊されたそうだ」

知っていることばかりでニュース性はないが、敵はそういうものだけを選んで提供している可能性がある。

大使氏は言葉を続ける。

「復旧には二、三日かかるそうだ。安全保護のために大使館内で待機して欲しいと連絡があった。食料や水、医療品などはすぐに運んでくると」

「体のいい軟禁ですね」

僕がそう言うと、大使氏は目元をマッサージしながら頷いた。

「おそらくは」

この点、議論にはならないらしい。話が早くて助かる。大使氏は少し考えて、青白い顔を向けた。

「だが、どんなに理由をつけてもそんなに長くはならないだろう。いいか悪いかはさておき」

大使氏はそこまで言うと表情を変え、僕の方に向き直った。

「今こそ話していただきたい。そこまで中国が秘密にしたいことを。おそらくこれは、国益にとても重要なことだ」

「世界平和と言わないあたりが信頼できそうですね。分かりました。ただ、条件があります」

「なんだね」

「イトウさんを呼んできてください。彼女が言うのなら、僕も納得します」

すぐに大使氏は呼んできた。動きからして彼は味方と言っていいだろう。

「呼んできた」

「大使氏は、情報が知りたいそうです」

僕がそう言うと、やって来たイトウさんは苦笑した。彼女も自分のスマホをライト代わりに姿を見せた。

「そうですね。ところで大島さんを知っていますか」

「いえ、先ほど絶命されていた方の名前でしょうか」

「ええ、そうです」

あれ、まだ駄目なんだ。どうしてだろうと思っていたらイトウさんはライトで入り口付近を照らした。小さいボタン状の何かが壁に貼られている。

大使氏と海原さんを見る。二人とも目を剝いている。これが演技だとしたら昔観てたT

Vの役者は皆落第だろう。

「さて」

何事もない声色で口前に指を当てながらイトウさんは言った。

「それでは話をしてもらいましょうか」

同時に差し出してきたスマホの画面には、適当に嘘をついてくださいなどと無茶なことが書いてある。僕は頭を抱えそうになった。嘘はつけたとしても、専門家を騙すような嘘は難しい。

「長くなりますよ」

僕はミャンマーでの話を始めた。これはまあ、嘘ではないので大丈夫。普通に話せる。話しているとイトウさんは無茶ぶりしてきた。

〝海原さんを知ってますか。ここで書いて〟

なるほど筆談か。それにしてもまあ、中国の腕の長いこと、長いこと。

いささかうんざりしつつも僕は話をしたり、質問を受けたりしながら筆談でやりとりをした。

〝僕は近々行われる中国、ロシア、シベリアによる北朝鮮占領作戦に参加予定でした〟

イトウさんを交えて全員の目が見開かれている。

〝あとドローンというか、ロボットの学校にいましたよ。日本のロボット開発をとても気にしてたみたいで警戒してました〟

こっちは反応が薄かった。つまり、北朝鮮占領作戦が彼らにとっての大事件らしい。ニュースとかを見る限り、独裁者もいなくなったしもう大丈夫だよねという雰囲気のように思えたのだが、だからこそ、驚きだったのかもしれない。

〝もっと詳しく〟

大使氏が入力して僕に画面を見せた。

〝何をですか〟

僕が書く。まどろっこしくて大変だ。大使氏は勢いよく入力しているが、いかんせん指一本で入力しているので遅い。

僕は別のスマホで文字入力した。

〝北朝鮮占領作戦については、保護というか治安を手伝う名目で大量の兵を出し、そこから占領に移る、という感じでした〟

大使氏は大きなため息。

〝何故それを早く教えてくれなかった〟

〝言うなと指示されてたんですよ。そっちも聞かないように指示されてたんですよね〟

大使氏からは思わずため息が漏れた。

「もういい、話が長すぎる。もう沢山だ。戻る」

そんなことを言いながら、イトウさんに本国と話をしたいと筆談している。イトウさんは難しい顔。

〝方法を考えます〟

結局それで、秘密会議は終わった。自分は関係者というか中心にいたはずなのに、なかなかこう、もの凄い部外者感がある不思議な会議だった。雲の上の話と言えばいいのか、ようはそんな感じだ。

僕より部外者な感じがしているであろうジブリールの頭を撫でて、僕は皆の集まる会議室に戻る。もうすでに外は中国の警察部隊が並んで厳重な隔離状況にあるようだった。

自宅が心配とか言って見に行こうという試みは、安全を理由に全て断られているという。まあ、そうだよな。うん。分かる話だ。つまり、軟禁。会議で話している通りになった。代わりと言ってはなんだけど。中国は大量の食料や物資を差し入れて来た。医者も送るという話だったが、こちらは日本大使館が断った。

軽く物資を見せて貰う。中国はライトも用意してくれていた。化学反応式のライトで折るとしばらくの間は光っている。一昔前のアイドルのコンサートでファンが持っているやつの、光量が強い版だ。ケミカルライト、という。

ケミカルライトはかなり広く軍事利用されているが、僕たちは使っていない。値段が高かったからだ。僅かに一〇分ほど強く光るものを連絡用に使っているに過ぎない。

食い切れないほどの差し入れというか食料を貰って、僕とジブリールは自室に戻った。ケミカルライトは貰わなかった。

あのライト、便利は便利なのだが、消せないんだよな。化学反応が終わるまでずっと反応し続ける。しかも割ると身体に悪い物が出てくるという。毒性は強くないが、子供が割って大騒ぎになったことがある。

まあ、食べて寝るだけだし、いいかな。

夜目《よめ》の利くジブリールを頼りに、手を繋いで貰って歩く。保護者としてはちょっと恥ずかしい。まあ、いいんだけどね。何がいいのかは秘密だが。一方ジブリールは上機嫌だ。鼻歌でも歌いそう。

彼女に銃とか持たせずに、こんな風にずっと過ごせたらいいのになと、できもしないことを願った。バカな願いだ。

それがかなうなら、もう何度も、ずっとやっている。彼女が人を殺した晩に鼻歌を歌うような感じにしたのは僕のせいでもある。世界のせいでもある。世界、世界か。僕が地獄に行く前に、お前にも盛大なダメージを与えてやるぞ。そうでも思わないとやってられない夜だ。

「何を怒っているのですか」

「世界が醜《みにく》いと思ったんだよ」

「私はそう思いません」

「ジブリールには綺麗に見えるかい？」

「ここにはアラタがいます」

暗くてよかった。ジブリールがどんな表情しているか確認して、ダメージを負わないでいい。大人というのは複雑で、こういうときに私は幸せですとか言われると、死にたくなる。

僕の気持ちを入れずに考えるなら真心を込めて言われると、照れるというか、この娘の幸せを願うしかない。

ジブリールが背伸びしたのがなんとなく分かった。僕の頭を撫でている。大変な恥ずかしさだ。

「アラタが元気になったようで誇らしい気分になりました」

「誇らしいって。……いや。まあでもありがとう」

昔、停電すると子供が増えると言う笑い話を聞いて微妙な気分になったものだけど、こういうものが背景にあるのかもしれない。

僕の部屋は片付けられたとは言え血や液体が飛び散っている。それで、ジブリールの部屋で食事して寝ることになった。ジブリールは実に嬉しそうだが、僕としては複雑な気分だ。

曲がりなりにも中国側が警護と称して周囲を囲んでいるので、敵が襲ってくる可能性はほとんどないが、一応の用心で扉の前に調度品を置いた。こうするだけで、大分違う。トイレに行きにくくなるが仕方ない。

ベッドに並んで座り、窓の外のほのかな明かりを頼りに食事する。やっぱりケミカルライトを貰ってくるべきだったかな。寝るとき毛布かなにかで包めばいいんだし。

とはいえ、それも面倒だ。

色んなものを諦めて、僕は食事を頑張った。暗いせいで箸を使うのが大変だ。

こういう時肉まんでもあればと思うが、あれは豚肉を使っているんだっけ。

暗い中で食事をすると、箸が使いにくいだけでなく、味もよく分からなくなる。人間は目も使って食事をしているんだなと、そんな気分になった。一番うまいのはシリアルバーだったという始末だ。あと、コーヒーと紅茶を混ぜたミルク入りペットボトル飲料がうまい。

暗くても分かる嬉しそうなジブリールの気配に、苦笑する。まあ、どんなときにも楽しむ心は必要だ。

食事が終わるとやることがなくなってしまった。貰った毛布をかぶって床に寝ていたら、予想通りというか、ジブリールがいそいそとやってきて横で毛布に入った。

まあ、そうなるだろうと思ってはいた。

「ベッドがあるんだからジブリールはそっちで寝なさい」

「アラタと一緒の方がよく眠れます」

若いからそんなこと言えるんだと言いたいが、そんなことを言ったが最後、じゃあ一緒にベッドで寝ましょうとかになりかねない。

少し考え、まあ、二人で床に寝た方がいいのかなと考え直した。距離も取れるし。

ジブリールは窓の外に顔を向けている。かすかに横顔が見えた。

「夜襲は来るでしょうか」

「来る可能性はあるね」

イトウさんが見つけた、雑な盗聴器の仕掛けを思い出しながら僕はジブリールの目を見た。大きな目だけが、僅かに光を反射していた。

「この部屋にも仕掛けられている可能性があるので、変な事はしないように」

これ、僕が言う言葉なのかな、と一瞬思った。ジブリールはつまらなさそうにはいと言った後、すぐに寝息を立て始めた。あまりの寝付きの早さに僕の方がびっくりだった。まあ、いいけども。

僕の方は、なかなか眠れない。心配事はあまりないが、床が硬い上に寒い。素直にベッドで寝ればよかったか。いやいやいや。僕はそんなことしないぞ。

人質となった人々の中に敵が交じっているのは間違いない。おそらくはあれだ。中国の警察がやってきたと報告しに来たあの男がスパイだろう。手口の幼稚さから見て、おそらく素人。だからといって救いがあるわけではないけれど。

彼はどうするかな。そっと逃げるか。僕を殺しに来るか。まあ、前者だろう。情報を盗む方が殺すよりは、ずっと心理的ハードルが低い。

逆に言えば、殺しにくるくらいの強い意志があるなら……まあ、その時はその時だ。人の命の無駄遣いにしかならないだろう。

しかしまあ、中国もなあ。ここまでやるくらいなら最初から僕を学校に入れたりしなければよかったのに。何を考えているんだろう。というか、シベリアか。シベリアがとんでもないミスをして、僕に機密をほいほい教えて、さらに僕を怒らせた。

それもなんか現実味が薄いな。あまりにシベリアがバカすぎる。

それともバカなのかな。こっちとは価値観が違い過ぎると言う意味で。

んー。もしもバカでないとするならば、現時点ではシベリアは僕をメッセンジャーにして情報を日本に伝えたかったたくらいしか思いつかないな。そしてそれは、かなり馬鹿げた妄想だ。他にいくらでもやりようがある気がする。

僕は自分の手を開いたり握ったりして想像する。選択肢は色々ある。その中で一つが選ばれて実際に行われる。そこには理由があるはずだ。普通は一番正しいものを選ぶ気がする。でも、今日の敵はそうではなかった。僕は敵は頭がいいに限ると思っていたが、それ

を修正していかないといけない。敵の頭が悪くても、ヒステリックで感情的でも、うまく対処していく必要がある。そうでないと、子供たちが死ぬ。

しかし、そこが実に難しい。昔、寝食惜しんでゲームばかりをして遊んでいたけれど、現実はゲームより、ずっとバカばっかりだった。

同じようなことを社会人になったときも思った気がするな。そうそう、仕事をさっさと終わらせた時に先に帰るなと言われたときだ。そんなことをすれば仕事ができるヤツも仕事をしなくなる。なんてバカな話なんだろうと思った。そして実際そうなった。僕は適当に仕事をするようになった。

なんでそうなるんだろう。いや、考えるほどのことでもないかな。ゲームよりは現実の方が複雑で、事情が色々入り込むからだろう。僕だって子供が絡めば論理的でない行動にでる。事情を知らない人から見れば、それは単に愚かな行動だろう。

んー。敵の事情まで読んでオペレーションするなんて、ちょっと難しい気がするなあ。一つの小規模戦闘ですら、敵の事情を正確に理解するのに時間が掛かった。今日の場合でいうと、戦闘が終わった後で、ようやくだ。でも、それじゃ遅い。しかし、どうやって早くしたものか。

ちょっとは名前が売れているけど、僕もまだまだだな。研究したり考えたり改良したり、やることが一杯だ。

こんなところでゴロゴロしてる場合じゃない。
そんなことを思いながら、眠りに入った。

第3章

嵐の前

目が覚めたのは夜明け前だった。前後不覚の眠りに落ちていたらしい。

ジブリールはまだ眠っている。僕の方が後で寝て先に起きたわけだ。これが加齢か。いや、単に僕の方が運動量が少ないだけだな。

たっぷり寝た気になっているが、腕をもちあげようとしてこわばりに気付いた。これは一歩間違えると首と肩に来る奴だ。身体は硬くなっている。こりゃ明日からはベッドで寝ることになるかな。

いや、ジブリールとは寝ない。ジブリールとは寝ない。大事な事なので二回心の中で唱える。

ぼんやりと、ジブリールが目覚めるのを待つ。ジブリールだけを床に寝かせるのも気が引けて、僕は床の上に再度寝転がった。これもまあ、客観的に見れば不合理な話だ。

どれくらい経っただろうか。ジブリールが唐突に起きた。寝ぼけた顔をしている。気付けば夜明けで、その光で目が覚めたようだった。

それで、僕も起き上がった。やれやれ。風呂にでも入りたいが、電気が入ってないと無理だろうなあ。

連れだって皆が集まるくだんの会議室に行くと、人だかりが出来ていた。皆一様に不安そうな顔をしているが、昨日からの状況から、と言うわけでもなさそうだ。

一人、死んでいた。姿からして職員のようだ。男。失禁して死んでいる。見た目からして銃で死んだ、というわけでもなさそうだ。多分絞殺だろう。ミャンマーの少数民族が見せしめでやってる現場を見たが、ちょうどこんな感じだった。顔から首にかけて布が掛かっているので正確には分からないが、おそらくは。

皆不安からか散り散りになることをよしとせず、まとまって寝ていたらしいが、死者が出て衝撃が広がっている。

「朝起きたら、こんなことになっていました」

ポニーテールにしながらイトウさんが静かに言った。ああ、なるほど。なっていました、ね。

僕の表情を見てイトウさんは怒った顔。演技しろと言われても無理だという気になる。幸いジブリールは気付いてなさそう。

僕はちょっと距離を取る。幸い、皆の意識は新しくできた死体に注がれている。

「あの、死んでいる人は昨日の会議で報告しに来た人ですよね」

僕が小声で言うと、イトウさんは頷いた。彼が中国、もしくはシベリアの手先だったんだろう。で、イトウさんはそれを始末した。

「なんで死んだのでしょうね」

僕は確かめるためにそう言った。

「どうでしょう。こういう状況です。仕方なかった気もしますが」

イトウさんは軽く答えて僕を睨んだ。分かってるんでしょ。じゃあ言わないで、という顔。いや、分かってるんだけど、殺さないで尋問して情報を得る手もあったんじゃないかと、僕は言いたい。

まあ、どうせ大した情報を握ってないと判断したか。それとも拷問して吐かせた後に始末したか。どちらにせよ、ひどい話もあったもんだ。頭を掻いてちょっと考える。

「それで、今後はどうするんですか」

「大使閣下と話をします」

「なるほど」

言う傍《そば》から大使氏が僕たちを呼んだ。様子からして寝ていない感じ。朝も早くから会議を行うそう。いつの間にか僕も呼ばれるようになってしまった。

僕はイトウさんと顔を見合わせた後で、大使氏に近づいた。

さしあたって打ち合わせする部屋の掃除、というか防諜《ぼうちょう》を行うことになった。盗聴器などを取り除く作業だ。コンセントを外して中を見たり、パイプ椅子の中に仕掛けられているか見たりと、中々《なかなか》凄い。天井のパネルを外した中にもあった。ここまで来ると笑い話だな。

結果として三つ見つかった。普段から盗聴器を調べていてこれなのか。それともイトウさんが来るまで何もしていなかったのか気になる。

「まあ、既に動いてなさそうなのも多いですけどね」

イトウさんはなんということはなく言った。と言うことは、イトウさんがくるまで何もしていなかったということか。なんだかなあ。

僕の表情から何かを察したか、イトウさんは解説してくれる。

「最近はネットワークを使用したハッキングが主流ですね。盗聴器を使うことも希《まれ》です」

間接的に外務省をフォローしているつもりらしい。そんなに表情に出ていたかな。

どっちにせよ、見えない力の世界は大変だ。確かにサイバー攻撃は強そうでもある。Iイルミネーターにハッキングする手があるんだから。うちの場合、それをやられたら、ただの子供の群れになってしまう。

航空機による電波妨害と合わせて、割と対応を考えていかないといけない。でもハッカーって雇うのにどれくらいお金が掛かるんだろうか。

益体もないことを考えるうちに会議が始まった。僕は一番端の席だった。なんとなく席次が決まってるのが日本風だ。

「昨日の件だが」

疲れ切った様子の大使氏が言った。盗聴器がどんどん見つかるあたりで割と落ち込んだ様子だったが、ちょっとは復活したらしい。

いやでも、とてもではないがこの状態の彼の指揮を受けたくはない。

僕は手を挙げた。

「その前にちょっといいですか。僕やイトウさんを除いて皆ひどい顔をしています。休まれるのはいかがでしょうか」

「今はそれどころじゃない」

不快そうに大使氏は言う。まるで、そんなことを心配する義務もないだろうという顔。

全然違う、分かってないのはそっちだと僕は首を振った。

現状、大使氏の判断で僕とジブリールの命も決まる。

その上で疲れでも能力でも、上が駄目だと全部が駄目になるものだ。だからこそ、休んで欲しい。

「そう、まさにそれどころじゃないからですよ。寝不足はいい仕事の大敵です。失敗できない事態なんですから良く休みましょうよ」

「これが終わったら、休む」

大使氏は頑固だった。

「いや、そうおっしゃらずに」

「この会議が終わったら、です。それならいいでしょう」

そう言われて、僕は不承《ふしょうぶ》不承《しょう》頷いた。この会議で重要な事が決まらないといいのだけど。ところが大使氏はこんなことを言い出した。

「本国に連絡を取りたい」

どうやって。と思ったら、皆が僕を見ている。

「いや、僕ならどうかという顔をされましても。僕は手品師じゃないし、どうにもできないから、助けを求めて大使館に逃げこんだ身ですよ」

それもそうかと、皆は納得して視線を外した。僕は肩をすくめる。イトウさんだけが笑っていた。

大使氏は、もう一度同じ事を言った。外と連絡を取りたい。

まあ、そりゃそうだろう。それ自体は僕としては言う事がない。しかし手がありそうにも見えない。イトウさんは難しい顔。海原さんを見ると、彼は頷いていた。手があるかどうかはおいといて、連絡の必要性は認めてるようだった。まあ、そりゃそうか。敵の動きは僕を殺すことは二の次で通信施設を壊すことを重視しているように思える。敵が嫌がることをするのが戦争とするならば、連絡を取りたがることそのものは理にかなった行動だ。何を嫌がってるか分からないけれど。

ここにいる人間はそこの意味が分からなくても、本国というか日本の誰かなら、分かるかも知れない。

しかし、外に連絡ねえ。現代で非武装の人間を外で包囲していて、連絡手段は遮断しない、なんてことがあるだろうか。いや、ない。

じゃあどうするか。いや、そもそも僕が手伝うべきものか。そこから考えるべきだな。僕とジブリールにとって一番有利な物はなにか。その上で手伝うかどうかだ。

助けて貰っておいて人の悪い考え方だとは思うのだが、そこは許して欲しいところだ。

さて、現状僕にとって一番の懸念《けねん》は、密林の子供たちだ。ジブリールと僕の安全については一段落ついたと見ている。連絡に阻害は出るかもしれないが、この包囲は僕の身の安全を保証してくれるものだといってよい。

密林か、密林はどうなんだろうな。あいつら攻撃するかな。いや、攻撃よりはだまし討ちか。僕の名前を騙《かた》ってブスリ。ありそうな話だ。

となれば、大使氏と僕は利害が一致していることになる。

んー。しかし僕と大使氏だけの意見が一致してもな。他はどうだろう。

進行している会議を見る限り、大使氏と意見を同じくしているのは海原さんだ。

海原さんはこの大使館の中ではかなり信頼できる方だから、彼が頷くなりの理由があるのだろう。どんな連絡をしたいのかは分からないけれど。

僕、大使氏、海原さん。大使氏は影響力がありそうなので、なんとか多数決も狙えそうな気がする。

それじゃあ、僕も少し真面目に考えてみるかな。僕は腕を組んだ。いや、考えるまでもないか。

僕は片手を軽く挙げて発言許可を得た。とりあえずは軽い牽制からいこう。しかる後に味方の流れを誘導しないといけない。

「連絡を取りたいという意味では、待っていればいいと思います。この状況を長く続けることはできないでしょう。まあ、数日も経過すれば自然、包囲は解けますよ」

「おそらくそれでは遅いのだ」

大使氏は深刻そうな顔でそんなことを言う。ぐったりと背を曲げて、腕の力でなんとか倒れ込むのを防いでいる感じ。

「遅い、ですか」

「新田さんはそう思わないんですか」

思っているけど、僕はおくびにも出さない。

「思わないというか、まず僕は一般人とあまり変わらない立場なんで、よく分かってない可能性があります」

皆がそんなわけがあるかという顔をしているが、これ自体は本当にそうだった。子供を三〇〇〇人抱えているからといって、日本のお国事情に詳しい訳ではない。もちろん民間軍事会社を抱えている社長でもあるから、経営面で少しは分かるし、国際情勢も知らないではないけれど、あくまでそれは仕事に必要な範囲だ。当たり前だと思うのだが、この会議に出ている人はそれを理解してくれていなさそうだった。

僕は降参という風に小さく両手をあげた。

「いや、本当にそうなんです。その上で素人意見として言いますが、僕の仕事である軍事という側面では、そんなに簡単に準備が進むものではありません」

僕は少し間を置いて、言葉を続けた。

「敵は昨日今日で訓練を切り上げて行動を始めるかもしれませんが、北朝鮮占領なんてものは随分と時間が掛かるものです。数日の差で情勢が大きく変わる、ということは正直あまりないと思います。あまりないと思いますが、日本が仮にこの問題に対して軍事的選択肢を選んだとしても、その準備に日数がかかるでしょう。そもそも外征なんか装備を作るところからはじめるんじゃないんですか」

日本が作っていたバッテリー式の陸上ドローンは北朝鮮では全然使えないだろう。そんなものにお金を突っ込んでいる時点で、侵攻する意図がないのは明らかだ。中国やシベリアは、その辺が全然分かってなさそうだったけど。

いや。頭にアイデアが閃《ひらめ》いた。違うか。日本の豆タンクはこの事態を十分理解した上で開発が進んでいるのか。

急に目が覚めた思いになった。日本がおかしくなったんじゃないかと思うくらいにドローンを生産する予定だったのは難民対策かもしれない。日本の長い海岸線にどんどん押し寄せる北朝鮮の住民と対峙《たいじ》したり、海岸線の小さな町や村を守るためにドローンを置くのではないか。

日本の海岸線は膨大な距離に亘るから、そういう話なら、分かる。いきなり警護のために兵士を二〇万人増やす、というよりは無人機を沢山作る方がいいと判断したんだろう。なるほど、そうか。

ここにいる人々は、ドローンの生産が間に合わないうちに騒ぎが起きそうだから早く連絡したいのか。

そう思ったら、急に納得した。なるほど。僕の生まれた秋田だって、まったく関係ないとまでは言えない事態だ。

にわかに、顔色を土気色にして会議に臨んでいる大使氏の味方をしたくなってきた。人間なんて勝手なものだ。僕の故郷とは関係なく、重大な事態に重大な決意を持って臨むというのは、応援したい。

そのためにも、まずはダメ出ししないといけない。皆の意見を統一するために、あえて駄目な選択肢を出す。昔デザイン会社でやってたな。

「ちなみに、数日という話でいえば、中国ができるのは、国境を突破する。それだけになると思います。それにしたって建前は北朝鮮支援なんですから、一度に大量の兵員受け入れを北朝鮮がするとは思いません。予定にない動きをすれば警戒されるでしょう」

もう少しだな。僕は皆の様子を見て思った。僕は言葉を考える。

「こうも言えます。大昔、日本がアメリカと戦うに当たって奇襲攻撃をかけました。しかし、それだけでした。一つの勝利は一つの勝利にしか過ぎず、勝利を重ねても目的を達成できるわけではありません。先の例でいけば、日本は勝利を重ねても、アメリカを屈服させるという目的を達成できなかったんです。占領作戦も同じですよ。中国が奇襲に成功したからといって、北朝鮮の住民が歓迎したりはしないでしょう。むしろ、逆効果だと思います」

とはいえ、中国とも戦えないだろうから、日本に押し寄せる。

心の中でそう付け加え、皆を見る。狙ったとおりの誘導に引っかかってくれるといいんだが。

陸自の海原さんが僕に口を開いた。

「確かにそうかもしれません。軍事的には。だが、政治的には違うということではないかと」

僕への解説と大使氏へのフォローを兼ねた言葉だったが、大使氏は身動きしていない。寝ているのか、頭が回ってないのか。それともただ考えているだけか。

待つ時間でも数えてみようかと思い出したら、大使氏が動き出した。声を絞り出すような、そんな感じだった。

「それでも連絡をすべきです。この情報は国益に関わる。それも重大に関わる。難民が押し寄せるかもしれないし、そうなれば今の自衛隊では対処が難しい可能性すらある。株も大いに下がるでしょう。国債の買い手が減れば、いまだ財政健全化していない日本は一気に壊れる可能性がある。数日の準備の差で、大きく変わる可能性があるんです」

疲れている割に、いい言い回しだった。

僕としては頷くほかない。この雰囲気なら、ことさら反対するようなことでもないだろう。

全部は狙い通りに進んでいる。僕が何もしないでもそのままでいけたかもしれない。

「なるほど、問題はどうやって本国と連絡をつけるかですね」

そう言ってイトウさんの顔を見る。イトウさんは難しい顔で僕の顔を見返した。

「それについてですが、皆さん知っていると思いますが、状況は芳しくありません」

そう言って、皆に言う。

「大使館内の通信機は壊されていると聞いています。さらに言えば、私は長距離通信手段を持っていません。電話はどうですか」

「復旧していない。中国が止めている可能性が高い」

短く海原さんが返した。イトウさんは今度は外務省の皆を見た。

「本当に全部壊されたのですか」

「捨てずに置いておいた旧式の通信設備まで全部壊された」

大使氏が即座に返した。古証文《ふるしょうもん》に目を通した様な顔だった。つまり、渋い顔。

これでは会議の方向性を持っていったのに、なんの意味もない。

参ったな。困ったときのイトウさん。僕はイトウさんを見る。

「イトウさんはなんで通信機を持ってこなかったんですか」

「通信機の破壊なんて、無茶なことを予測する方が困難です」

僕の素朴な疑問は、当たり前の回答で報われた。まあそうか。そりゃそうだよな。

「通信手段はないけど通信したい、ですか」

僕がまとめると、皆が古証文に目を通した様な顔になった。皆さん仲のいいことで。

「というか、そういうことならそもそも会議の意味、ないんじゃないですか」

僕が言うと、大使氏は重々しく言った。

「アイデアを出し合いたい」

アイデアって。

ダメだ。連絡を取りたいのは僕だって同じだが、これじゃあ泥棒が来てからそれを捕らえるための縄を綯《な》い始めるのと一緒だ。話にならない。

僕は手をあげて発言した。

「皆さんの決定する方針について異議を挟むものではないですが、それじゃ泥縄《どろなわ》ですよ。先に包囲の方が解ける可能性が高いと思いますが」

「でしょうね」

イトウさんは腕組みして言った。そんなことは分かっているという顔。彼女自身はどうなんだろう。そこまでして連絡を取りたいのかな。

どちらにせよ僕としてはもう言うこともやることもない。席を立った。

「なるほど。じゃあ、僕はこれで。休めるだけ休んでおきます」

直後に皆に止められる。嫌な予感がしてきた。これはあれだ。傭兵に無料で仕事させようという雰囲気だ。

僕が顔をしかめて席に座り直すと、大使氏が重々しく言った。

「皆さんのお知恵をおかりしたい」

皆さんといってもイトウさんは完全に僕に任せるような顔をしている。いやいや。せっかく数日で何事もないようになるのに、わざわざ危険なことをやるのか。

民間軍事会社と役所の違いはこういうところにもある。死ねと言われて死ぬのがお役所ということか。今回の場合命令すら出てないけど。

昨日眠る前に思った不合理な事をやるアレ。それが、今のこの状況で起きている。

たまらんなぁ。それでも一応助けて貰ったという事実はある。僕だって連絡を取りたいのは取りたい。どうする。

泥縄の成功率やリスク、それに今後の事を計算しながら、イトウさんとの付き合いも考える。面倒くさい話になった。頭を激しく搔いた後、口を開いた。

「えー、なんというか。僕としてはまず覚悟を決めて欲しいというかですね。泥縄を間に合わせようとなるとリスクが上がります。場合によっては許容できないレベルまで高いリスクになる可能性があります。そうなると僕たちが全滅する可能性もあるし、中国と決定的な敵対をする可能性もある。それでいいんですか」

僕が言うと皆が黙った。まさか覚悟が決まってなかったとか言わないだろうなと眺めるに、大使氏は覚悟を決めた上の話のようだった。覚悟が決まっていなかったのは、海原さんとイトウさんだった。

少しばかり大使氏を見直したが、危険をちゃんと把握しているかは分からない。やけっぱちになってないといいんだけど。あるいはあれだ。貴重な犠牲で日本では何十年かしてドラマになるやつ。

「大使さんが覚悟を決めているのであれば、あとは方法を決めて実行するだけでしょう。僕としては何も言うことはありません」

「方法を考えて欲しい」

大使氏はそんなことを言った。僕は二秒考えたあと、苦笑いを浮かべた。これは我ながらよくできた対応だと思う。いつもだったら特別料金を請求しているか、怒っているところだ。

「頼っていただけるのは悪い気がしませんが、僕は育児と軍事の専門家であって、通信の専門家じゃありませんよ」

「君が原因のことだろう」

子供のようなことを大使氏は言う。

「そうは言われましてもね。逆立ちしてもできないことはできませんよ」

当たり前というか、それ以前の話ですと伝えた。その様子をイトウさんが見ている。何か考えている様子。嫌な予感がする。

「じゃあ、軍事で考えるのはどうでしょう。包囲からの突破とか」

いいこと言ったという顔で言われても困る。

「とんちじゃないんですよ」

僕はそう言ってため息をついた。

「包囲を解くと言っても、軍事衝突したいわけでもないんでしょ。ほら、僕の仕事じゃない」

「そこをなんとかですねー」

歌うように言われてもな。

イトウさんは楽しそう。うまくいかない前提で言っている様子だった。正しい認識だが、腹立たしい。

まあいいけどね。とはいえ、脅すくらいはしようか。傭兵のリスクと一般のリスクじゃ天と地ほども差がある。こっちじゃ、一%の確率で死ぬのは、ノーリスクと同じだ。

「まあ、そこまで言うならやりますけどね」

イトウさんがいきなり慌てた。慌てるぐらいならからかわなければいいのに。

とはいえ、あまりリスクの高い手はやりたくない。被害は少ないに限るし、僕に取っては子供が第一だ。密林の子供を守るために別の子供が、ジブリールが危険になるのは本末転倒だ。そうならない程度なら手伝うことにしようか。

「順番にやっていきましょう。まずは故障した通信機を見ましょうか」

「でも故障していますよ」

イトウさんは言った。僕は笑顔を向ける。

「ええ、知ってます。でもまあ、故障には程度というものがあるもんです。僕もここにいる人たちも機械のプロではないと思いますけど、それでも、ね」

なんとかできるかもしれない。

機材の置いてある通信室と、隠してある秘密通信機を調べに行く。秘密通信機は場所を教えられないとかで、運んできて貰うことになった。敵に場所を知られて破壊されておいて僕には秘密とは、なんというか、お役所仕事だ。うんざりすることこの上ない。

とはいえ、ここでやりあっても僕が疲れるだけだ。とりあえず問題がない通信室とやらに行く。

通信室の方にある通信機材は、上に埃《ほこり》をかぶっている年代物の無線通信機で、一見して使われてないのがあきらかだった。こんなものまで破壊していくのだから、敵もまめだな。

実際、尋ねてみると何年も動かしてない物だという。この機材を使える人もノンキャリアで長年勤めている書記官が一人いるだけとか。

ではどうやって普段は本国と連絡をとっているのかというと、普段は電話やメールで済ませているとのこと。暗号化はしているのだろうけど、なんともまあ。いや、僕たちだってIイルミネーターは一部インターネット回線を利用しているから、これが普通なのかもしれない。

破壊は銃で行われていた。敵の装備からしてそうではないかとあたりをつけていたが、やはりそうだった。大きな無線機に何発かの銃弾の痕があった。

「これはいけるかもしれませんね」

「そうなんですか」

イトウさんがびっくりしている。まあ、僕も自信があるわけではないけれど、これくらい古ければ、多分中身はスカスカだ。しかも、中国軍のサブマシンガンは威力が強すぎて全弾が貫通してしまっている。

単に壊れているのがスイッチだけなら、使ってないスイッチを移植してどうにかなるかもしれない。まあ、自宅のゲーム用PCを自分で組み立てていた程度の知識しかない僕で出来るかは分からないが、やるだけやってみよう。

とはいうものの、もう一個の秘密通信機とやらが修理できるのなら、それが一番のような気もする。

運ばれてきた通信機は、名前の割にさほど大きくもない、単なる無線機だった。ダイヤルなどが沢山ついて、複雑そう。吊り下げのための取っ手までついている。軍用無線によく似た形式だが、僕は使ったことがない。ミャンマーで戦った時は敵も携帯電話を使用していた。あれが良いか悪いかはさておき、簡便な通信方法として広く使われているのは確かだ。

この無線機もまた、銃弾で破壊されている。二台あるので互いに使える部品を持ち寄って共食い整備すればなんとかなるような気もするが。ずっしり重いのは機械が詰まってるからだろうし、基盤とかに銃弾が入ってたら、ちょっと修理が難しくなる。

ついでに言えば、修理できても時間切れでは意味もないだろう。僕は少し考えて古い方を修理できるか見ることにした。

外装の板を外して蜘蛛《くも》の巣が張ってそうな中を見る。予想通りスカスカで大丈夫そうな気もするが。こっちの最大の問題は、そもそも動くか、ということだ。さしあたって工具を探してきて貰って様子を見る。

跳弾が一発でて暴れているような感じはあるが、重要そうな部分には当たってない気がする。今の小型化に注力した機材と違って頼もしいこと。

僕がその旨報告すると、大使氏は大層ご機嫌だった。僕としても単に機材を見ただけなので、気楽でいい。まあ、僕が敵なら念のため電波妨害するだろうけども。まあでも、ここは北京だしな。そこまではやらないか。北京の広い範囲に被害が出る可能性がある。

修理そのものは昔扱ったことがあるという人に任せて、僕はジブリールとお茶を飲むことにする。昨日飲んだ珈琲と紅茶を混ぜたものは香港《ホンコン》風らしい。のんびりしてたら残念な知らせ、修理していた通信機だが、通電したら煙を噴いて壊れた、とのこと。銃弾以前に経年劣化で壊れていたらしい。さもありなん。

まあ、素早く失敗して何よりだということにしておこうか。

「もう一つの機材の方もやってみましょうか」

「ところが分解用の工具がなくて」

棒読みでイトウさんが言った。なんで棒読みなのかは分からない。見れば特殊工具で分解しないといけないらしい。でもこのネジの形、見覚えあるな。

「ジブリール、銃のメンテナンス工具は持ってきてないかい？」

ジブリールはスカートの中から工具を出してきた。さすが。というか銃は捨てても銃の工具は捨ててなかったのか。

「捨てろとは言われませんでした」

先回りしてジブリールはそんなことを言う。僕は頭を掻いて、まあそうかと思い直した。この場合、ジブリールの物もちのよさを褒めるべきだろう。

しかし、修理はうまくいくかな。開けてみると何枚かの基板を弾が貫通していた。もう一つの通信機も同じような所が破壊されていたので修理は無理というか、不可能だろう。リスクの低い手は、全滅、と。まあ昼前に分かってよかった。

事実を報告しに大使氏のところに。疲れ果てたのか会議室の隅で仮眠していた。もう少し効率よく休んだ方がいい気がするが。休んでるだけまだいいかな。責任感が強すぎると、手に負えなくなる。

報告はあとにするかと思っていると、隣のジブリールが顔をしかめたのが見えた。イトウさんが遠くから手招きしている。なるほど。ジブリールにおいでと手招きしてイトウさんの所に向かった。

「どうしました」

「こちらへ」

朝の打ち合わせと同じ場所へ通される。あれから施錠して入れないようにしているとのこと。さらに罠まで張っていたらしい。また盗聴器を探すのが面倒くさいという。

ジブリールは当然ついて来た。僕に過《あやま》ちがないように監視するらしい。過ちってなんだ。

イトウさんはジブリールの頭を軽く撫でるように叩くと口を開いた。

「まだ策があるんですか」

英語だった。おそらくは僕の返事だけでなく、ジブリールの表情変化なども含めて正直なところが知りたいのだろう。ウインクなどしてジブリールをからかったのも、おそらくはそのためだ。連れてくるための布石だろう。

気にくわないやり口だ。イトウさんを睨み付ける。イトウさんは涼しい顔。それで僕は、内心勝手にやることに決めた。ジブリールを利用するような連中と仕事するつもりはさらさらない。

とはいえ、策がまだあるかどうかなんて、そこまでやって知りたいことなのか。分からないな。朝の段階では僕をからかっていたように見えたのだけど。心境の変化があったのか、それとも最初から狙っていたのか。

僕も英語に切り替える。

「ありますけど、躊躇《ちゅうちょ》しています。リスクが高いですから」

イトウさんの質問にそう答えると、イトウさんは険しい顔になった。

「リスク。どれくらい、でしょう」

「そりゃもう、最悪攻めてきますね。ここに。そうでなくても実行した瞬間、なんらかの妨害は行われるでしょう」

脅したつもりだったが、イトウさんは鼻息一つ。その意味するところは分からない。大使氏が諦めないだろうという読みか、その先の困難を思いやっての鼻息か。

「もちろん、策を言わなければこれで終わりになるとは思いますけどね。我々はよくやった。それでもいい気はします」

「そうも行きません。日本には日本の都合もあるので」

イトウさんは率直に言った。真剣そうなその顔に、嘘はないように見えた。朝のやりとりと比較して、随分とやる気に見える。僕の心証は変わらないけれど。

「都合、ですか」

「ええ。大使の判断は、そんなに悪くはありません。確かに数日が勝負、というところです」

役所が違うから単純な比較はできないだろうけど、それにしたって大した上から目線だった。大使氏も可哀想なことだ。ちょっと笑える。

しかし、そうか。そうなのか。読みは悪くないということは、お役所仕事だからやる、ではないのか。占領なんてそれなりの期間行うものだろうから、どうってことないと思うんだけどな。日本に対して直接攻撃があるでなし。まあでも、一時的に株が下がるのかな。そう思えば今空売《からう》りだっけ、あれとかすれば儲けられるかな。残念ながら手元にお金がないので何もできないけれど。

僕は考えながらイトウさんに自分の見通しを伝えた。

「大使館から連絡がなければ日本政府も考えると思いますよ。むしろ、今現在救出のために動いているでしょう」

これ自体に嘘はない。イトウさんも頷いて同意した。

「そうですね。でも、それが間違ったメッセージを与えかねない」

謎めいた言い回しだった。僕は壁際で腕を組んで立っているイトウさんを眺めた。真剣そう、ということ以外は表情を見ても分からない。この人も謎の人だ。まあ、日本の見えない力を行使する立場という仕事柄そう、とも言えるんだけど。

そもそも、年齢からして分からない。僕より一〇ほども年下に見えるんだけど、立場的には僕より上の年齢くらいの人がついていてそうな役職な感じだ。それとも日本のお役所でも実力本位の部署があるのだろうか。いや、どんな組織、役所でも実力がなければ上にいけないのは確かなのだろうけども。

イトウさんがウインクした。ジブリールが警戒して僕の腕を引っ張った。僕はよろけた。

「何からかってるんですか」

僕が抗議すると、イトウさんは笑って見せた。

「娘さんと仲がいいんですね」

「娘ですから。それが何か」

僕が言うと、イトウさんは視線鋭く口を開いた。

「お金と娘さんの安全を天秤《てんびん》に掛けられますか」

「リスクによりますよ」

即答する。天秤に掛けられない、とは言えない。実際僕は、いつでも金と子供たちの安全を天秤にかけてやってきている。

我ながら反吐《へど》の出るような回答だと思うが、子供たちが生きるために金はいる。傭兵というものは金欲しさに大事なものを売っぱらった連中だ。僕もそう。笑えるぐらいに悪い職業だ。

「じゃあ、現実的な金額で雇いたいのですけど」

僕の言葉と表情をどう取ったのか、イトウさんが身を乗り出してそう言った。

彼女の顔をじっと見る。彼女はにわかに営業スマイルになった。ジブリールが怒って僕の目を手で隠した。

「どういう風の吹き回しで？」

ジブリールの小さな手に目を覆われながら僕は言った。イトウさんは何事もない様子。

「連絡が取りたいのです。外と」

「朝の打ち合わせでは、そんな風に見えませんでしたが」

「ええ、まあ」

僕はジブリールの手をどかした。イトウさんは目を彷徨《さまよ》わせている。

「だって、できるとは思っていなかったので」

「本当ですか」

「なんでそこで疑うんですか。本当ですよ。まあ、ちょっと諦めていたのも事実ですけど。ところが、なんか鬼子母神さんが頼もしそうなので」

「その人は女神ですよ。前にも言ったかもしれませんが。ついでに、現時点までの確認ではリスクの低い対応策はできない感じです」

「ええ、分かっています。なので、依頼です。本国に連絡を取りたいのです。リスクをお金にしてください。娘さんが死なない程度に」

そんなことを言うからにはある程度お金を、それも秘密資金を動かせる力を持っているんだろう。空手形が切れるんだから、イトウさんの所は凄いな。

さっきまでの僕だったらすぐに受けていたと思うけれど、今の心境でははいそうですかとは受けられない。僕は肩をすくめてみせた。

「ジブリールが死なない程度に、ですか。まあ、それなら。つまりはそこそこのリスクでやれということですね」

「ええ。全滅すると情報も全て失ってしまうので」

その言い方だと人員は全滅してもいいような気がするな。僕はイトウさんの目を見る。

「イトウさんの言い方だと、情報こそが命って感じですね」

「私の仕事ではそうですね。それが何か？」

平然と言われてしまった。

「いえ、世の中には色々な職業、価値観があると思っただけです」

僕が子供たちを大事にするのと同じか。正解というのもある面から見ただけの話で、実際にはその人その人に正解なり正義があるんだろう。当たり前の話だが、僕は今日にいたるまで、はっきりとは認識できていなかった。全く酷い話だ。何故か知らないが、正解は一つしかないし、賢いやり方も一個しかないと思っていた。まあ、そっちの方が楽ではあるな。今、敵が賢いとは限らないと再確認して対処の大変さに震える思いをしている。考える要素が大層増えた感じだ。

「気が進みませんか。それとも報酬額の話ですか」

イトウさんがそう言うので、僕は首を振った。頭には来ていたが、そこまでがめついつもりでもなかった。いや、がめついのはがめついが、優先すべきは子供たち、それしかない。

「いえ、僕は保護を求めてる立場なんで。保護を継続してくれるなら。あとジブリールを、この娘を僕と同じように扱ってくれるのなら問題ありません。それと、密林に戻していただきたい。それだけやってくれるなら問題なく、無料で喜んでやりますよ」

僕としてはサービスのつもりだったが、イトウさんの唇の端がかすかに震えている。営業スマイルを見せたら笑われた。唇の端を引きつらせていたのは、笑いをこらえていたらしい。

「無茶な条件でしたか」

「前の二つはさほどでも。でも密林に帰すのはどうなんでしょうね」

「駄目ですか」

イトウさんは営業スマイルを苦笑に変えた。

「私の一存ではなんとも。ただ、日本政府の一般認識としては貴方を密林に戻せばアジアが不安定化する可能性があります」

「そんなにたいしたもんですかね。子供が三〇〇〇人ですよ」

「本当にね」

イトウさんは気の毒そうにそう言った後、僕を見た。

「密林に帰せるかはお約束できません。でも努力はします。それでは駄目でしょうか」

嫌と言えない感じの言い方だった。嫌と言えば、僕の身とジブリールの身も危なくなる。

最悪二人並んで絞め殺されて発見もありうる。こっちは武力のプロだが向こうも暗殺のプロだ。僕はため息をついてみせる。

まあ、物事には順番がある。密林に帰るのは、次の順番にしよう。

「期待してます。分かりました」

そう答えたら、イトウさんはいい笑顔。本当にいい性格している。

僕はどうするか考えていたことを口にした。

「仕掛けるなら夜です。昼にはできません」

「危険そうですね」

イトウさんの質問に僕は答えなかった。答える義務もないと思った。

僕に取ってはジブリールと密林の子供たちが重要だ。他はどうでもいい。

準備があると告げてイトウさんの元を離れる。すぐにジブリールが僕を睨んできた。安定のジブリールというか、まったく子供っぽいんだから。

「今度は何で怒っているのかな」

「あの女は危険です」

「大丈夫。僕はいつだって子供第一だ」

ジブリールは恥ずかしそうに黙って僕の横を歩いている。考えている様子。二〇歩歩いたところで急に怒りだした。

「私は子供ではありません！」

「子供はいつだってそう言うんだ」

僕はそう言ってジブリールの部屋に入った。何度このやりとりをしたか分からないが、ジブリールは傷ついた顔をしている。悪いことは言ってないのに、悪いことをした気分になる。

いや、やっぱり悪いことを言ったかな。イトウさんのことで腹を立てて、それで八つ当たりしたところがある。あんな人にでも多少の友情めいた感情を持っていたらしい。

肩を落としつつため息。頭を撫でる。ジブリールが笑顔になるまで頭を撫でる。まったくもう。こういうのが子供だというんだ。

まあ、とにかく夜に向けて準備をするか。とりあえずは寝る。これまでもたっぷり寝たがさらに寝る。睡眠は重要だ。

第4章

脱出と放棄

夜になる。起きる。いまだ、周囲は真っ暗だ。しまった。少し眠り過ぎたかもしれない。すっかりライト代わりになってしまったスマホを頼りに皆に合流する。電池の残りも心配になってきた。電波も回復していない。

やれやれ。中国はどこまで、故障を言い訳にするんだか。まあ、長くて七日。短ければ明日かな。明日の朝回復するとなれば、今からやることはほとんど意味がなくなる。まあいいか。意味がないと思うなら、イトウさんが止めてくれるだろう。よい方向に事態が転がるかもしれないし。

「おはようございます」

そう言ったら、何言ってるんだこいつという目をされてしまった。皆は休んでないらしい。何ができるわけでもないのに大変だな。

まともに返事をしてくれたのはイトウさんだけだ。同じくおはようございますと言ってささやかな笑顔を浮かべている。

「それでは本国と連絡を取って貰いましょうか」

「はい。幸い真っ暗なんで、とてもよいかと」

僕はスマホを見せた。

「これを使いましょう」

「電波は通じてませんよ」

「いや、ライト機能です。これでモールス信号とかできるんじゃないですか」

マンガでよくある話なのだが、僕はこれを大真面目にやるつもりだった。モールス信号知らないけれど。

僕が言うと、イトウさんは目を点にして、笑みを大きくした。○点ではなかったらしい。

「なるほど。え、それなら昼に手旗信号でもよかったのでは」

「狙撃されないとも限らないので。夜だって同じですが、安全性はかなり高くなります」

暗視装置が発展した今でも、夜間狙撃の難易は高い。複数の人間、複数のライトを使えばもっと安全性は高まる。位置を変更しながら行えるからだ。

大使氏が顔を出した。沢山眠って随分回復したように見える。

「モールス信号か。どこまで覚えていたかな」

「外務省ではそんなのまで訓練するんですか」

「いや、これは趣味だよ。昔は船乗りを夢見ていたんです。今の今まで忘れていたけれどね」

大使氏は憑き物が落ちたような顔でそう言った。微笑みすら浮かべている。目の下の隈《くま》が大暴れして腫れているみたいになっていたけれど。

ともあれ実行することになった。通常のモールス信号を変換して暗号文にするという。暗号化するのはイトウさんで、大使氏がモールスに変換。それを数名のスマホで光に変換することにした。

少し試したところ、光量最大でもあまり距離が届かないことが分かった。それで、ケミカルライトをいくつか重ねて使用することにした。毛布で隠してオンオフする寸法だ。大がかりになってしまったが、まあ、仕方ない。

「誰かが気付くまで、同じ内容を何度も点灯する。これはミス軽減もある」

大使氏が言った。人間、仕事がないと腐るものなのか。仕事を手にした大使氏は、見違えるような落ち着きぶりだった。

まあ、睡眠が健康を後押ししたのも間違いないだろうけど。

「それではやってみよう」

にわかに活気づいている人々を尻目に、僕はその場を離れることにした。

「これからって時にどうしたんですか」

そう言ったのは陸自の海原さんだ。僕は小さく手を振った。

「僕たちは隠れますよ。そんなに高い可能性ではありませんが、敵が部隊を送りこんで来る可能性があります。その時、どさくさに紛れて僕を殺しに来るかもしれないので、隠れていようと思います。あ、皆さんは大丈夫ですよ。敵の狙いは僕たちでしょうから」

まあ、一番ありそうなのは煙幕ですけどね、と僕は言い添える。

スマホよりはいいにしても、ケミカルライトの光がどこまで届くかはちょっとあやしいところだ。でもまあ、ないよりマシだろう。敵がバカだったら突入とかするだろうけど、まあ、ないかな。とはいえ、一応対処だけやろう。

突入、あるといいんだけどな。

僕はジブリールの手を引いて建物の裏口近くで待機した。ここから息を潜めて待つだけだ。裏口にもある建物の中の警備員詰め所に入り、窓から見えないように机の下に潜り込む。

ジブリールは何故か楽しそう。昨日寝るときもそうだったな。暗いところでじっとしているのが楽しいんだろうか。いや、そんな感じではないはずなのだけど。

僕が暗闇の中でジブリールの気配を感じていると、彼女は急に顔を近づけてきた。僕は首を引いた。暗闇でも雰囲気は分かるもので、怒っているのを感じた。

「顔を離されては小さな声で喋れません」

「ごめんごめん、当たりそうだったんだよ」

「当たるのが何か問題でも？」

狙っていたのか。

んー。僕が意識しすぎなのかな。最近こう、ジブリールが勇敢だ。いや、強引だ。

僕は座り込んで虚空を見る。横でジブリールがいじけている感じがする。頭を撫でる。こういう待機時間はいつだって退屈だ。しかし昼にたっぷり寝ているので眠くもない。まあ、そのために沢山寝たのだけど。

「敵は、攻めてくるのでしょうか」

「攻めてはこないかもしれないけれど、妨害はしてくると思うよ」

それは間違いない。中国はちぐはぐというか、規模が大きくて色んなレベルの担当者が大まかな方向に向かって一斉に動く傾向がある。今度も同じように同時に色々なレベルで対応されるだろう。

煙幕と一緒に突入部隊が来る一方、諦めて電気が回復したりすることだってあるかもしれない。笑い話だが、それが今の中国だし、中国の勢いってやつだ。日本なら一〇倍の時間を掛けて、順番にやるだろう。

日本からすれば中国の拙速《せっそく》は笑い話だが、中国からすれば日本はとても年老いたように見える。

中国はギラギラしている、とでもいうのか。脂ぎっている。日本ならどんだけ必死なんだよと言うところだ。どっちが正しいかは、僕には分からない。ただ、日本の賢さは、中国ほど成長に結びついてない。

今回はその差を使ってオペレーションしたい。一番よくないのは中国やシベリアが何にも気付かず、モールス信号が日本に伝わることだ。

どうかな。まあ、敵には勢いがある。それに期待しよう。僕としてはどう動いて来ても対応出来るように準備するしかない。

ジブリールが横でモジモジしている気がする。体育座りの状態から若干回復したらしい。またも諦めずに僕に身を乗り出してきた。

「思うのですが」

「なんだい」

「アラタはこのまま日本に行くのですか」

「行けるかなあ」

無事に行けるかどうか、怪しい。シベリアが感情的なアタックをするなら、大使館を出た後、日本に渡るまでの間になるだろう。中国がどう出るかは分からないが、シベリアのやることを黙認するのが一番ありそうだ。

僕が予測を話すと、ジブリールは大きな鼻息を出した。怒っている、のか。

「それでは、ここにずっと幽閉ではないですか」

「何もしなければ、ね」

僕の言葉にジブリールが考えている。考えるうちにドアホンが鳴り出した。さすが中国、対応が早い。しかし、ドアホンは電気が通ってなくても普通に鳴るんだな。多分電池式なのだろう。

怒っているのか、ドアホンが何度も鳴っている。抗議でもするんだろうか。するとしたらどんな理由になるんだろうか。想像するだけで面白いが、声を出して笑えないのが残念だ。

待っていると人が出てきた。中国語でのやりとりが聞こえる。

「屋根の上で異常を察知しました。保安のため調べさせてください」

ネイティブらしい発音に続いて、日本人ぽい中国語が聞こえてきた。

「どんな異常でしょうか」

「それは分かりかねます」

なんという空々しいやりとりだろう。日本側の人が返事をしているのが聞こえる。

「今から検討して、お返事をしますが、現状暗くて打ち合わせが困難です、少々時間をいただくかもしれません」

それで、やりとりが終わった。中国側が顔を真っ赤にしているであろうことは見なくても分かる。

新的将軍はすぐに感情的なアタックに流されたけど。中国はどうかな。

袖を控えめに引っ張られる。

「いいのですか。動かないで」

「いいと思うよ」

心配しないでいいよと言ったら、顔を近づけられた。

「心配はしていません。女以外では」

どういう話だよ。ともあれ僕はもう少し待った。一〇分も要らなかった。凄い音、ドアが破壊された。すぐに数十名が突入してくる。僕の知識では前例がないというか、聞いたこともないような大変な事態、あるいは横暴だった。

しかし現場の中国人は国際条約など教育もされてないだろうし、把握もしていないだろうから、これはまあ、当然の展開だ。

「出番だ。ジブリール」

「はい」

さて本当のマージナル・オペレーション、開始。

彼らが通った後、破壊されたドアから僕たちは外に出た。軍事的には後続部隊などが待機しているものだが、そういう感じではない。突入部隊もおそらく銃などは持っていなかったろう。だからといって外交的に大きなダメージになるとは思うが。

ライトで破壊した出入り口を照らすこともしていない。まあ、破壊されたドアをテレビとかに流された日には外交的に大問題だ。こうするしかない。というか、中国はこういう小細工をよくやって来るので、対応しやすくていい。勢いがあるのと大きな規模で色んなレベルで同時にやるのは、いいこともあるが悪いこともある。

僕は誰にも会わずに庭に出ることができた。ここまではいい。問題は敷地の外が包囲されていることにある。これをどうにかしないと、次がない。

外の話し声を聞きながら、僕は頭を掻いた。さあこれからが本番だ。

中国は日本とは比べものにならないくらい警備カメラが設置されている。が、幸い外は停電だ。そして日本大使館からそっと抜ければ、それからあとしばらくは僕たちは中にいる、という前提で敵は動いてくれるだろう。僕はのうのうと逃げられる。

このタイミングで日本人が外に出るなんてことは、敵の想定にないはずだ。

塀の内側で待っていたら、今度は異臭が漂ってきた。異臭というか、煙。煙幕というには色がつきすぎていた。黒煙に見える。それが夜目に分かるほど押し寄せてくるのが見えた。凄いな中国。僕が思いついた全部を本当に一緒にやってきてるぞ。

このまま通電とかになると逃げるに逃げられない。僕はそれで、煙に紛れて急いで逃げることにした。もうあと一個二個は騒ぎが起きて、それを利用する事になるかなと思っていたのだが、取り急ぎやることになった。

まあ、なんとかなるかな。

ジブリールの頭に背広の上着を掛ける。意味はないかもしれないけれど煙の被害が少なくなればいい。外に脱出する。門を抜け、外へ。

予想通り、この段階で日本大使館から誰か出てくることはあまり考えてないらしい。それどころか、中国人の警官たちは咳き込んだり涙を流したりして大変なありさまだった。風向きを考えてなかったのだろう。なにかが燃える臭いもする。包囲していた警官も、慌てて風上に逃げようとしている始末だ。しかも、視野が悪くて誰かにぶつかってるのか、怒号までする。

僕たちは息をとめて、風下に向かって移動。走りたくなるが、そこは我慢。大使館前でとばっちりを受けたか、閉店している二十一世紀飯店横を抜けて、狭い路に入った。

問題はお金、なんだよな。中国に来てから気付いたのだが、中国では現金が通用しない。皆スマホやカードで物を買っている。信用経済は日本と比較にならず、レジのない無人コンビニも普通にある。

そもそも学校の中ですら、現金でものを買うようなところがなかった。この点日本よりずっと進んでいる。僕に愛国心がもう少しあったら、落ち込んでいるかもしれないような状況だ。いや、そうでもないかな。でも僕より一〇歳とか上で中国を格下に見ていた人たちはさぞショックだろう。

ぼんやり考える間に闇を抜けた。いくつかの通りを抜けて出た先は、昼間のように明るい北京の夜だった。光が眩しい。この区画から先は普段通りというわけだ。自分の煤《すす》で汚れたシャツを見てジブリールと笑い合い、そのまま歩き出した。

「それじゃ、密林に帰るか」

「はい」

微笑んで歩き出すと後ろから人がやってきた。同じく煤だらけの人、イトウさん。

笑顔で歩いてきて僕の背中を叩いた。

「もー、そんなにリスクの高いことをしないでいいと言ったのに」

何を言ってるんだと思ったら、首に腕を回されて笑顔になった。

「日本に情報を送るつもりだったんでしょ。ありがとうございます」

僕が何か言う前に、腕に力が入った。

「まさか、勝手に逃げるつもりだったなんて、言いませんよね」

まるっとそのまさかだったので、僕は焦った。ジブリールが邪魔しようとしている。いや、僕たち逃亡者だから、こんな目立つことをやってたら駄目だから。

僕は降参という感じで手を上げた。まあ、昼にジブリールを利用した分の意趣返しはしてやったし、僕には財布がない。イトウさんは財布を持ってそうだ。ここは一つ過去の遺恨を水に流して仲良くすべきだろう。

僕は笑顔を浮かべる。

「逃げるなんてとんでもない。仕事はちゃんとやりますよ。その後は当然僕の自由だと思いますけど」

「だから密林の件は善処すると言ったじゃないですか」

「役所の善処するは信用しないことにしてるんです」

結果論ではあるが、イトウさんがついて来たのはよかったかもしれない。おかげで危うい資金調達をせずに、普通に潜伏、移動できそうだ。

ぶつぶつ言っているイトウさんにカードを借りて、とりあえず食べ物を買う。他人の金で買う食べ物ほどうまそうに見えるものだ。さらに三人で服を買う。親子連れにでも見えたのか、店員さんに微笑まれた。これもまあ中国だ。いや、世界中がそうなんだろう。悪意もあれば善意もある。そういうものがない交ぜになっている。

服を着替えてイトウさんはカードを処分してしまった。へし折って捨てて、別のカードを使い出す。

勿体ないとは思うが、なるほどね。こうやって足がつかないようにしているのか。

今度はタクシーに乗って、移動する。ホテルまで。中国でタクシーを止めるときは手を高く上げないで横に伸ばすのだが、イトウさんがそれをやっていると、もの凄く疲れているように見えた。だらり、という感じ。

まあ、彼女は寝てないからな。

ホテルに入ると思ったら、そこからまた歩き。これもプロの技というものだろうか。確かに外国人がホテルまで行くのはおかしくもない。そのまま一駅分くらいは歩いたか、マンションに入る。

入り口で数名とすれ違う。僕はひやひやしたが、イトウさんは平然としている。エレベーターで三階へ、そして入った。

「ここは？」

「セーフハウスの一つです」

日本の諜報機関が保有する隠れ家、らしい。大したものだ。いや、普通なのかも知れないけれど。

セーフハウスに入って、イトウさんはよれよれと椅子に座った。ため息、というには大きな息だった。息をついた、という表現がぴったりだ。

「疲れた……」

やはり疲れていたか。いや、分かっていたけれど。

しかし、中国と言えば日本よりずっと監視の目が厳しいと思っていたけれど、日本は日本で頑張って裏をかいていたんだな。まあ、日本の一〇倍くらいは中国諜報網が日本に浸透してそうだけど。

イトウさんは五分ほど呆然としたあとで、立ち上がった。ネクタイを外している。

「シャワーに行きます」

「見ては駄目です、アラタ、呪われます」

いやもう、さっき後ろからやってきたときに呪われている気がするんだけど。

このマンションは三部屋で、なぜかリビングの隣にガラス張りの風呂がある。意味が分からない。寝室にこういうバスルームがあっても、それも微妙かなあ。ちなみに中国でもこの物件はかなり特殊らしく、不人気なので安く借りているらしい。

これ見よがしにイトウさんがシャワーを浴びているのと、怒って僕に抱きついているジブリールのせいで、ゆっくり考える暇もない。いいのか。いやよくない。僕はジブリールの腰を両手で持って、持ち上げた。

ジブリールがうにゃあとうひゃあの中間くらいの可愛い声を上げたが、鋼《はがね》の心で無視、僕の横に置いた。まったく、もう。

密林にいる子供たちが心配だ。敵もバカじゃないから、北朝鮮とミャンマーの二正面作戦はしないと思うのだが、中国にせよシベリアにせよ、あるいは日本にしたって異なる価値観で僕から見て賢いとは到底言えないような動きをするときがある。そのことはこの数日で、よく分かった。

「いやー、すっきりしました。ビールが飲みたいですね。あったかな」

イトウさんはバスローブ姿で言った。ジブリールが僕の目を小さな手で隠した。日本にいるといやらしいの基準が緩くて分からないけれど、ジブリールを見ていると大分違うのが分かる。いや、どうなのかな。ジブリールが変わった子である可能性は実にある。いや、それも可愛いんだけど。

「ジブリールちゃんもシャワー浴びたら？」

「アラタはついてきてください」

「何を言ってるんだか。大丈夫、行っておいで、僕は背中でも向けておくから」

僕が背中を向けるとイトウさんが笑い出した。ジブリールは陰から僕の様子をうかがっている様子。早く行けと手を振ったが心配は心配らしい。

何年親子をやっているのか、正確には覚えてないけど、信用されてないあたりまだまだだな。

背後でビールの缶を開ける音が聞こえた。喉を鳴らし、うまーとか言っているあたり、イトウさんの中身はおっさんなんじゃないかと思う。

「それにしても、いいんですか、アルコールなんか飲んで。仕事は？」

僕が苦言を呈すると、イトウさんは涼しい声で返事をした。

「電波が通じる場所に出た瞬間にメールしたから大丈夫ですよ。北朝鮮を中国が保護占領の模様、ってね。偵察衛星が仕事をすれば大丈夫なんですけど、欺瞞《ぎまん》をするかもしれないし」

「軽く言いますけど大丈夫なんですか。危ない橋を渡ってまで連絡をつけたんだから、ちゃんとやったほうがいいんじゃないですか」

念押しで聞いたが、イトウさんは胸を張って大丈夫という感じ。あまりにも胸を張りすぎてはだけてしまいそうだが、走って戻ってきたジブリールがちゃんと手を伸ばして整えてあげていた。

イトウさんはありがとうと言いながら、僕に向かって言葉を続ける。

「大丈夫ですってば。まあ、今のところはね。これで思いとどまってくれればいいんですけど。それはそれとしてあなたは追加情報を色々持ってるでしょうから、それについては明日以降ゆっくり話して貰います」

思いとどまる？　何気ない感じに出たが。気になる言葉だ。どういう意味だろう。気になりながらも、僕は口を開いた。

「知ってることなんて大してありませんよ」

中国だってバカじゃないと言いかけて、それにしては情報が逃げないように頑張っていたなと思い直した。ということは、僕に重要な情報を渡していた？

ちょっと考えにくい。パウローなら確かにそんなこともやってきそうだけど。パウローだけがシベリアじゃない。じゃあ、なんだ。中国か。いや、そもそもたいしたことないのに現場が暴走した？　ありそうな話だ。

実際、一部は現場が暴走したんだろうけど、それにしたって中国がシベリアほど感情的になる理由がない。何かの手違いで僕に重要な情報を流してしまったのか。いや、それもないな。分からないなあ。

大使氏は僕が重要な情報を抱えていると信じて疑ってないが、僕はこの点について強く懐疑的だった。

中国はどうしてこんなことまでして情報を出さないようにしているのだろう。謎だ。現場の一部はさておき、傭兵で元敵を信じて重要な情報を出すなんて間抜けもいいところだ。そして中国は間抜けな部分もあるが、概《おおむ》ね優秀だ。

どうもこう、どこかで僕は思い違いをしているのかもしれない。

少し考える。材料が少なすぎてよく分からない。

材料が少ない中無理に考えれば、全然別の事情、都合があるのかもしれない。敵の思惑が見えないのは、そのせいだろう。僕が知らない何かがあるに違いない。

問題はそれが、僕や僕の子供たちに影響があるかどうかだな。

悪いことを考えるならば、中国やロシアは僕の子供たちに攻撃をしているのかもしれない。騙して連れ出して虐殺する可能性もなくはない。中国といえども国の南と東の果てで二正面作戦をするほど体力はない。とは思うが、こと新的さんに限ると腹いせに僕の子供を殺すのはありそうな話だ。

特殊部隊を送って僕を殺そうとしたくらいだ。子供を殺す、というのは発想の飛躍とまでは言えない。それに中国が乗るのも分からない話ではない。片付けるまでの時間稼ぎで僕と密林の情報を遮断していたとすれば、辻褄《つじつま》は合う。僕が遠隔で部隊をコントロールしている、できていることは向こうもよく把握している。

だとすれば、どうするか。まあ、もし子供を攻撃しているのなら、新的さんには気持ちよく死んで貰おう。長期的にはそう決めた。中国軍にも相応の目にあってもらう。短期的にはどうだ。子供たちを守る。他に手はない。そうだ。まずは何よりも、子供たちを守らないと。

どっちにせよ、密林と連絡を取らないといけない。

気付けば風呂上がりのジブリールとイトウさんが僕の顔を見ている。考えごとに集中しすぎたか。笑って自分もシャワーを浴びた。思えば数日来のシャワーだった。湯船に浸かりたいと、不意に思った。

日本では風呂は湯船だが、仕事のせいか、文化なのか、この仕事についてこっち湯船に入るようなことは滅多になかった。このセーフハウスもシャワーだけだ。あまり頓着ない自分の性格のせいで気にしていなかったけど、風呂好きにとってはゆゆしき事態だろう。キャンプ・ハキムのそっちの方面もいつか対応したい。

心はもう密林に飛んでるな。

僕は苦笑して風呂から上がった。すっきりした。三人してテーブルを前に座る。イトウさんはつまみのつもりか、先ほど買ったピーナッツの袋を開けて食べていた。歯で豆を砕く音が聞こえる。

僕はイトウさんの方を向いた。

「密林に連絡をしたいんですが」

「電話は無理ですよ」

イトウさんはすげなく言った。言った後で、僕を横目に見た。何か言いたそうな顔をしている。頭を働かせる。電話は無理。

「メールなら大丈夫、ですか」

「そうですね」

イトウさんはよくできましたと、意地悪な笑顔。

「私を置いて勝手に去った件、そう言えば謝罪を聞いてない気分が」

「ごめんなさい」

僕が頭を深く下げると、イトウさんは鼻白んだ様子。すぐにそっぽを向いた。

僕にスマホを渡した。

「まったく、からかいがいのない」

「すみません」

頭を下げるのは〇円だ。僕は民間軍事会社の社長になって、このことをよく思うようになった。つまり、頭を下げてどうにかなるなら頭を下げて切り抜けたい。日本人以外ではうまくいかないけど。

謝り倒してスマホを借りる。しかし、知らないメールアドレスから僕だ、アラタ、とか言われてもオマルは困るだろう。というか、鼻を鳴らして知らん顔をすると思う。

そこで、ランソンさん、オマルと、僕自身のメアドにメールを入れることにする。皆に一緒にメールすれば、一人くらいは本人かもと思ってくれるかもしれない。あれ、宛先入力できないぞ。

イトウさんが僕の横に座って口を開いた。スマホの画面を覗き込んだ。

「送り先のメールアドレスは自動で設定されます。最初に転送の項目を選んで、そこから送り先のアドレスを入れてください。暗号化して送信したあと、リレーして伝えます」

なんでそんな面倒なことを。いや。そうか。

「中国はメールを監視してるんですか」

「もちろん。アメリカもそうですし、日本もアメリカから支援を受けてメールの監視システムは構築しています。まあ、法律の整備がまだですが」

アウトローな話だった。やれやれ。法治国家日本、自由の国アメリカ。どこが、って言う感じだ。しかし今は頼もしい。役に立つなら何でも使うべきだろう。

ありがたく使わせていただく。メールを書いて、送信。

生きててくれよと念じたが、念じてどうにかなるのならソフィは元気で、ハキムは死んでない。そんなことは分かっている。

これまでずっと待っていたのに、メールの返信が待ち遠しい。僕は祈るような気分で待った。イトウさんはちょっと笑って、僕に飲み物を出してくれた。日本茶だった。

ジブリールは難しい顔で茶を見ている。興味はありそうだが、警戒心の強い彼女は親しい人の前以外では飲み食いしたりはしない。

「日本茶だよ。日本で見たろ」

ジブリールは難しい顔をしている。覚えてない様子。いや、そもそも口にしてなかったかな。僕は少し気分を解きほぐして口を開いた。

「まあ、紅茶の変形だよ。正確には紅茶の前だけど。発酵する前の紅茶が日本茶だね」

ジブリールは興味を抑えられずにちょっと飲んだ。目があっちこっちに行っていた。

「ミャンマーの野菜の味がします」

「まあうん。間違ってない」

ミャンマーではお茶の葉を主要な野菜として使っているから、ジブリールの見立ては全く間違ってはいない。しかしイトウさんには相当奇異な表現と取られたようだ。

「暗号ですか」

「違いますよ」

僕は苦笑して説明する。イトウさんはえー、という顔。

「お茶って食べられるんですか」

「食べている地域があるんですから、その言い方はどうなんですか」

「えー。畳の掃除に使うとかは知ってますけど」

日本から離れれば、そっちの方が一般的でない気もする。そもそも日本でも茶葉は食べる。抹茶クリームとか、抹茶アイスとか。昔は植民地時代のアメリカでも、無理解からお茶を食べてたらしい。シロップをかけて食べるという。ちなみに煮出したお湯は捨てていた、とのこと。どこまで本当かは分からない。どこかの雑学本で読んだ話だ。

どうでもいい話をして少し和む。意外に自分が緊張しているのが分かって少し笑えた。

深呼吸一つ。メールの着信を知らせるバイブレーション。慌ててスマホを取る。イトウさんに取り上げられた。

「ごめんなさい」

謝ったら、変な顔をされた。

「いや、これは意地悪じゃなくて、暗号を復号する処理がいるんですよ。はい、どうぞ」

イトウさんから渡され、僕とジブリールは並んでスマホの画面に目を落とした。

〝ハーイ。お間抜けさん、貴方の子供たちは大ピンチよ、急いで帰ってこないと承知しないんだから〟

このメールは……。

「ホリーさんだ」

「ホリーにメールを送ったつもりはないんだが」

ジブリールのつぶやきに、僕はそう答えた。イトウさんが面白い玩具《おもちゃ》を発見したような顔をしている。

「愛人かなにかですか」

「違います。第六夫人候補心得みたいなものです」

ジブリールが即座に答えた。んー。誰の夫人かな。僕の顔はイトウさんに受けたらしく、爆笑が返ってきた。

「ジブリールちゃん、お父さんが死んだ魚の目になってる」

「お父さんなんて知りません」

何気ない一言だが、意外に傷つく。いや、それどころではない。こんなことで傷ついていたら、子供たちを助けられない。

〝戦闘が起きているのか？　だったらオマルか、ランソンさんかにつないでくれ〟

メールを再度送る。待つ。待ち時間が待ち遠しい。

来た。

〝そんなこと言われても前線がどこかもわかんないわよ。イブンならいるけど〟

〝イブンで頼む〟

僕はもどかしさに死にそうになりながら返信を打った。イトウさんを見る。

「音声通話できませんか」

「そんなこと言われても……」

イトウさんは僕とジブリールの顔を交互に見て長い長いため息。

「だから、意地悪じゃないですって。何、軽く酔った勢いでやったら、いつまでもネチネチ言われる流れですか⁉」

「切実なだけですよ」

「そうは言われても、より切実なのは私たちというか、むしろ現在絶賛逃げてる最中でして」

イトウさんの話はもっともだ。しかし。

「子供たちが死んだらと思うと」

「あーもー鬼子母神、鬼子母神」

呪文かなんかのように唱えた後、イトウさんは僕を見た。

「手伝いたいのはやまやまですが、音声通話は無理です。すぐに探知されます」

「それも探知されますか」

「ええ、むしろ技術的には音声検索の方が早かったくらいで。一九九七年くらいには特定キーワードを含む音声を抜き出しすることが出来ていました。それと、前もって言いますけど、主要な通話系アプリも駄目です。そもそも中国では世界的にメジャーなSNSやメッセンジャーアプリは使えないんです。安全政策で」

外国から情報が入ってきたら中国は滅ぶと信じているらしい。どういう心配だ。イトウさんは金盾《きんじゅん》がどうのと話をしている。長い長いダメだしだった。僕はスマホの小さな画面を見た。

「メールだとラグが激しくて」

イトウさんは渋い顔。

「手伝いたくないと言ってる訳じゃないんです。単に、手段がないだけで。私だって鬼じゃないんですから。それがたまに意地悪しただけで」

彼女は内なる良心の声に責められて僕にできない理由を延々説明しているらしい。僕は納得してメールを待った。できないならできないで仕方ない。メールのやりとりができただけでも上出来だろう。

イトウさんに頭を下げる。

「ありがとうございました。メールでやってみます」

僕が言うと怪訝な顔をされた。

「何を、ですか」

「戦闘の指揮です」

この日何度目か分からないが、変な顔をされた。

「メールで指揮して戦争に勝てるならどこの国も苦労はしませんよ」

「僕もそう思います」

でもやるしかない。幸いなことに沢山寝たせいで体調はいい。地図は頭に入っているし、実際に歩いたこともある。悪い条件はその一〇倍もあるが、泣き言を言っても始まらない。

メールの返信が来た。

〝昨日怪我をしました。それでホリーさんから、電話したいです。指揮をとってください。イブンより〟

ホリーよりはしっかり作文できているように見えるのは、僕の欲目だろう。僕は返信を書く。

〝電話ができるような状況ではないが、メールでのやりとりはできる。そして、メールが使えるということは、そっちではIイルミネーターは使えるね？〟

〝大丈夫です。指示をください〟

〝僕の真似をして欲しい。細かいことをタイミングよくは言えないから、普段の訓練が勝負だ。なに、教えたとおりにやれば、そうそう酷いことはない。まずは状況を教えてくれ〟

しばらく、間があった。タブレットの操作は教えているし、僕みたいになりたいとも言ってよく僕のことを観察していたから、真似することまではできる気がする。まあ、問題はその次だが。

〝ランソン師が指揮を執っていますが、あまりうまくはいっていません。かなり押し込まれています。敵はキャンプ・ハキムから八㎞まで迫っています〟

〝地雷原をどうしたんだい？　敵は〟

〝敵は地雷原を無理矢理踏み越えて攻めてきています。一杯です。とにかく一杯。僕だけでも二〇人は撃ちました〟

損害を恐れず、か。いわゆるデスボランティアを立てて攻めると。また無茶なことをやってるなあ。ゲームじゃないんだから。地雷踏む兵士にも人生があるんだぞと、危害を与える方が思うことじゃないだろうが。

〝重要な質問だ。イブンはどうやって怪我をしたんだい〟

〝狙撃《そげき》をしていました。敵の数が多いので撃ち放題でしたし、ランソン師は後退を指示していてそれを援護していたんです。それで、撃っていたら向こうが機関銃を持ち出してきてとにかく撃ってきたんです。当たらないと思ってたんですけど、一発頭に当たって〟

〝大丈夫なのか〟

〝大丈夫です。かすめただけです。でも気絶して引きずられて運ばれるときに脚をやられました。あと背中です〟

僕はイブンが怪我をする状況を想像する。二〇人を撃ったということは昼だろう。夜では戦果が下がる。敵の視認が難しいからだ。

イブンの一番大きな戦果は一日五人くらいだから、それが倍でも戦闘開始から二日。実際はそんな数字にならないだろうから三日くらいは経過しているはずだ。初日以降はさらに疲れているだろうから、戦果は下がる。四日でもおかしくないが、敵の数が多いと戦果も増えるから、やはり三日くらいが妥当だろう。

なんとなく見えてきた気がする。密林の中の狙撃であれば、狙撃とはいえそんなに射程はない。三〇〇mもないだろう。イブンはセオリー通りに機関銃手を最初に撃っているはずだ。で、敵はイブンの姿を見ないまま応射。イブンは当たらないと思いながらさらに撃つ。ところがうっかり弾がかすめて意識が飛んだ。飛ぶかな。いや、そんな例は僕は報告で見たことがない。弾がかすめて怪我することはあっても、機関銃弾くらいで意識が飛ぶなんてないだろう。イブンの話には嘘がまじっている。弾がかすめて慌てて狙点《そてん》を変えようとして足をくじいた。あたりか。

狙撃手が狙撃に夢中になって位置暴露、というのはよくある。

しかし、イブンはもう少し理路整然と喋る勉強をしないといけないな。学校に行かせたい。いや、その前にヘルメットの装備と供給だな。ヘルメットがあれば、イブンはもっと落ち着いて戦果を上げることができたろう。

それにしても、三日か。仮に三日前から戦闘を始めていたとすれば、僕がヘリをハイジャックした翌日には敵が攻撃を開始していることになる。物資や弾薬の集積。兵士の休みの調整などから考えればもっと前から計画されていた可能性が高い。となれば、見えてくる物も色々変わってくる。

中国の人々はいい人だと思っていたんだが、騙されたかな。新的将軍やパウローが子供を連れてくるとかにわかに言い出したのは、そういう事情あっての話かもしれない。だとすれば正直に話して欲しかったのだが。

ま、今更どうしようもない。反省はあとでやろう。

〝損害は？〟

〝分かりません。毎日戦っています〟

〝三日かい、四日かい〟

〝日付が変わっているので今日で四日目です〟

だいたい想像通りというところか。

〝ランソンさんにもメールを送ってるが、連絡がない。どうなっている？〟

〝分かりません〟

僕は画面から顔を上げて状況を想像する。控えめに言って味方は大混乱だ。いや、違うな。もう一度落ち着いて考えよう。

混乱しているのは多分イブンだ。イブンは怪我するまでは前線にいて、怪我してからは休まされていたはずだ。イブンは状況をあまり知らない立場にいる。

〝ホリーに連絡、ランソンさんと連絡が取りたいので、キャンプの中を駆けずり回ってくれ。と、伝えて欲しい〟

〝ホリーさんは怒っていますが走って行きました〟

何を怒ってるんだ、あの女は。まったく。たまには僕の事情とかも斟酌《しんしゃく》して欲しい。

僕はため息。心配そうなジブリールに微笑んで、想像する。想像力が僕の武器、この状況では第一の武器だ。限られた情報から正確な想像をして、それから的確な指示を大雑把《おおざっぱ》に出す。それだけ。

戦況自体はそんなに絶望的でない可能性が高い。

敵の攻勢発起点は、密林の中を抜ける国道にある。そこからキャンプ・ハキムまで四〇㎞くらいある。敵が三日で八㎞まで迫ってきた、ということは敵は密林の中、一日で一〇㎞以上前進していることになる。この速度、なんの邪魔もしていないのとほぼ同じだ。

言い換えれば、下がりながら対応している、というところだろう。いまだ、組織だって動いているのは間違いない。

抵抗らしい抵抗をしてない理由が分からないが。なんだろうな。

いや、抵抗してない。ということはないな。イブンが二〇人撃ったというのは嘘ではないだろう。この戦果は頑強に抵抗した証拠、とも言える。それでいて敵の進行速度は速い。

矛盾してるな。この二つを無矛盾に起こす現象ってなんだろう。ランソンさんが早く見つかれば尋ねるだけでいいんだが。

僕は指揮を執るランソンさんの事を想像する。

三日前、突然敵が攻勢を開始した。敵が行動を始めるであろう密林の切れ目、そこから一〇km先に地雷原があり、僕たちの前線と位置づけているラインがある。地雷原の先にはパトロール隊を置いているので、彼らが敵を見つけたんだろう。

そこから兵を急派する。敵が地雷原で速度を落とす間に到着して、戦闘が始まったはずだ。

おそらく、ランソンさんは地雷原を踏み越える突撃に対して地雷原の向こうから狙撃を中心に射撃をして対抗していたのではないか。地雷原を突破された時点でランソンさんは兵力を下げて守勢に回ったに違いない。乱戦になって敵から離脱が難しくなると数の力で押し切られると思ったんだろう。

ランソンさんの狙いは後方に下がって戦線を緊縮しつつ、第二防衛ラインを引いて戦うといった感じだろう。手持ちの地雷はあまりないが、それらを敷設して戦うのではないか。

いや、それだけじゃないな。ランソンさんはもう少し複雑な用兵を好む。

別働隊、かな。敵は密林の中で補給を維持するために密林を歩いて補給物資を運ばないといけない。それを別働隊で切断するとなれば、ランソンさんぽい感じだ。歩兵が携行できる物資は僅かだから、後方を扼《やく》せば自ずと戦闘力を失うという計算だろう。古くさいが堅実な、高齢のランソンさんらしい動きといえる。

当然、敵の背後に回って戦うのはオマル、ということになるだろう。ランソンさんは子供を好いているが、子供の指揮能力については疑問を持っているはずだ。というか、子供を戦わせたくないと思っている。だから、危険な別働隊任務については、オマルを使うはずだ。

ジブリールとイトウさんが並んで心配そうな目で僕を見ている。ジブリールは戦場であんなに勇敢なのに、ここでは震えるお姫様といったところだ。僕は微笑んで大丈夫だよと言った。想像が外れていなければ、今のところ損害は微々たるもののはずだ。というか、普通に考えて、これから損害が激増する。

こうなる前、もう少し損害を出してもいいから地雷原で粘って戦った方がよかった気もする。敵により出血を強いる方が敵の攻勢を頓挫させることに繋がったはずだ。

まあ、でも、僕もランソンさんもしないかな。そういう戦い方は気が滅入《めい》る。ランソンさんにとって兵は借り物、という認識もあるだろう。だから大事に使った。そのあたりが事実と背景ではないか。

メールが来た。ランソンさんからだ。いいぞホリー。うまいこと見つけて説得したらしい。今度何かおごってあげよう。竹蟲《たけむし》の素揚げ皿一杯とか。

〝君が好きな食べ物はなんだ〟

なんだこのメール。いや、時間が惜しい。聞き返す暇は、ない。

「僕に好きな食べ物はないと思うんだけど、ジブリール、どうだったっけ」

イトウさんは呆れた顔をしているが、ジブリールは真面目な顔で考えた。

「よく、フランスパンが食べたいとか言ってました」

そんなこと言ってたっけ。本当にそれは僕かと思ったが、ジブリールがこういう時に冗談を言うわけがない。

それで、メールに書いた。

〝僕はそういうのはないと思うんですが、ジブリールはフランスパンが食べたいと言ってたと言ってます〟

すぐに返信が来た。

〝偽者ではなさそうだ。疑って済まない。現状、敵の猛攻を逸《そ》らすために下げつつ連絡線を切断しようと動いている〟

疑ってたので返信してなかったのか。なるほど。イブンが怪我して離れていてよかった。ランソンさんの傍にいたのなら、偽者だと言われて返信もしなかったろう。それで僕は全滅したとか思ってかなり気分を落としていたはずだ。よかった。

ともあれ、メールの文章をもう一度確認する。短い文章だが、僕の欲しい情報は全部入っている。簡潔でいい感じ。予想通りの回答だ。僕は少しだけ微笑んだ。だとすれば、まだやりようがあるかもしれない。

〝南側からの迂回《うかい》、指揮官はオマルだと思いますが、そっちは多分敵に阻まれると思います。〟

〝君はまた現実を揺るがしているな……だが想像の通りだ。敵味方の動き、どうやって知った？〟

〝中国軍とチェスゲームしまして、その時の手がそんな感じでした。ともあれ、そうであるなら敵は第二戦列を展開して、兵力差を生かした消耗戦を展開しています。敵の前線の幅は……〟

僕は少し考える。敵の動員兵力が四万として、常識的には二〇kmくらいの幅で展開するだろう。二列あったとして半分の二万人が幅二〇kmに存在する。つまり、一mに一人、という密度だ。これより狭いと機関銃やアサルトライフルで一度に複数人がなぎ倒されてしまうし、身を隠す場所を得るのも難しくなる。密林でなければ二〇倍以上の広さで展開し、縦深《じゅうしん》を取るはずだ。密林では砲を持ち込めない関係で、どうしてもそんな感じになる。

〝敵の幅は二〇kmくらいになるでしょう。オマルは第二戦線に引っかかって連絡線に到達できない状況と思います〟

メールを送る。キャンプまで八kmといえば、軍事的にはもうすぐだ。敵はキャンプまでたどり着かなくても、迫撃砲を運んで撃ってくる可能性もある。むしろ、そうするだろう。しかし敵は、いや、中国は誰が指揮を執っているんだろうか。動きからすればあの時の演習通りというところだ。つまり僕は僕の作戦で壊滅させられるという展開だ。お話としては面白いけれど、独創性がまったく見えない。敵は何を考えているんだ。作戦を練り直すだけの時間がなかったのか。それとも別か。

いずれにせよ、この場をしのがないといけない。それも、いつものように細かなオペレーションはできないから、大雑把な命令でだ。

できるのか。そんなこと。いや、やるしかない。ではどんな命令ならいいんだろう。どんな命令なら勝てる？

勝つ、と言う言葉を思い浮かべて僕は苦笑した。答えが出ないのはこのせいだな。つまりこれは、できないパズルだ。完成しない。

じゃあどうするか。人間はできることしかできない。だからできるパズルをやろう。ここ数日で学んだあれだ。ある側面から見れば愚かでも、ある側面ではそれしかなかった的な、行動。

〝ランソンさん。下がりましょう。遺憾ながらキャンプ・ハキムは放棄します。後方に下がりましょう。オマルも少し下げた方がいい。負けたことを考えて、撤退準備はできていますよね〟

キャンプを中心に包囲網を展開するのが敵の狙いだし、それが目的だろう。目的は達成させてやっていい。

僕の勝ちは、子供たちの被害が少ないことだ。あとはどうでもいい。人的被害が出ないなら、基地ぐらいはくれてやっていいと思った。拠点防衛で子供たちを一ヶ所に拘束し包囲されるのが一番よくない。戦いは動くべき、動くべき。

ランソンさんからメールが届く。

〝しかし、基地を失ったらどうするんだ〟

それだけ。しかし、と書いてあるということは一応ランソンさんもそういうことを考えて準備はしていたんだろう。勝つことしか考えていない指揮官はよくない指揮官だ。ランソンさんはかつてそれを、中央アジアで学んでいるはず。

〝元々空爆で焼かれるの前提でしたから、いいです。くれてやりましょう。敵を追い払ったら、また作ればいい〟

〝士気が心配だ〟

ランソンさんはそうメールに書いて寄越《よこ》したが、僕はそんな風に子供たちを教育していない。大事なのは子供たちだ。それは折にふれて言ってきたし、姿勢として見せてきた。

親としての自分は最低だと思うが、僕の子供たちはそうではない。子供を信じよう。

〝大丈夫です。ランソンさん。うちの子供はそれぐらいではめげない。それよりも現状が心配です。後退し続ける間はいいが、それをしないで、つまり足を止めて防衛戦を始めると、敵は両翼から包み込むように動いて包囲戦をするでしょう。村の防衛を優先して八㎞地点で防衛戦闘を始めているとすれば、時間とともに包囲の可能性が増えていきます。早めに撤退しましょう〟

〝了解した。君の現実を揺るがす力に期待する〟

ランソンさん、この言い回し大好きだな。どうでもいいけれど。

僕は少し考えて、イブンにメールすることにした。

〝イブン、僕がそう言っていると皆に伝えてくれ、ただし、いきなり逃げ出すのではなく、両隣を支援しながらゆっくり下がっていこう。大丈夫。敵が包囲戦に移行するとしても両翼は密林の中を相当歩かないといけない。夜の中ではそんなに速度が出ないだろう。だから正面と後方だけ気にするんだ〟

〝分かりました。すぐ伝えます〟

僅かこれだけのやりとりで、二時間経っている。分かってはいたがメールはつらい。

腕時計を見る。スマホの上の方に時間表示があるのだが、ついアナログ時計を見てしまう。時差や到着時間を直感的に計算できるせいで、この業界はアナログ時計信奉者が多い。

ミャンマーの密林と中国の時差は一時間半、つまり向こうも真夜中だ。夜は、僕たちの撤退に力を貸してくれるだろう。たとえ敵が夜戦装備を調えていたとしてもだ。

それにしても、敵は実際にはどれくらい動員しているんだろう。演習では四万人というところだったし、それを想定して動いてはいるが、実際には分からない。敵に尋ねても教えてくれはしれないだろうし。

どれくらいの戦力かな。地雷原を無理矢理に抜けて戦闘力を喪失しない程度、か。

まあ、こっちより大きいのは間違いない。一〇倍で三万人。やっぱり四万かな。

しかし四万人か。給料はいくらになるんだろう。そう考えるあたり、僕は貧乏性だ。大部隊や正規軍はまともに指揮できる気がしない。ランソンさんが前に語ったところによると、前線部隊の二〇倍は後方部隊が必要になるというから、中国は八〇万人を動員しているわけだ。

ちなみにうちは二倍もいない。タイのトレーニングセンターであるニルヴァーナ（涅槃）の人員を全部いれても六〇〇〇には届かないだろう。でも食料の供給に使っている業者とか、武器の供給、街に持っていってやってる自動車整備とかも含めると一万人くらいにはなりそうな気がする。この程度の小競り合いでこれなんだから、戦争は金食い虫だ。

金食い虫と言えば、ここに来る直前まで勉強していた豆タンクというか陸上型ドローン、密林ではなんの役にも立たなさそうだな。まず補給が追いつかないという。最近子供が大きくなってきて、小さくて狭いと言われているジムニーよりもっと使えない気がする。ジムニーに機関銃とかを乗せた方がよっぽど使えそうだな。中国は盛大にゴミを生産しているような気がする。日本もそうらしい。

「いいんですか、基地を捨てて」

イトウさんが僕宛のメールを読みながら言った。僕としては、やるだけやって今は待つしかない。それで彼女の相手をすることにした。

「食堂や料理道具、食材が失われるのが一番痛いですが、まあ、それだけです。しばらくはレトルトパックの世話になりますよ」

イトウさんは頷いた。

「人的被害はどうですか」

「なるべく少なくしたい、というのが正直なところです。まあ、一〇〇人以下の被害に抑えたいですね」

「うちで年間に買い物してる数より少ないくらいですか。なるほど。まあ、負けたのは残念でしょうけど、全滅とかにならなくてよかったんじゃないですか？」

慰めているつもりらしい。僕は思わず笑ってしまった。

「いや、負けてませんよ。僕に取っての負けは子供たちの被害が多いことです。負けてやるつもりもありません。それに、戦争で全滅なんてそうそうありませんよ」

「でも玉砕《ぎょくさい》ってあるじゃないですか」

名前だけは知っているというか、全滅の言い換え語だろう。今でも自爆の親戚みたいな感じで使われている。告白に失敗したとかで使ったことがある。今は遠い昔を思い出して苦笑する。

「それは多分、離島でしか起きてないと思います。多分大陸では起きなかったんじゃないかな」

こういう仕事をしているが、正直にいうと第二次世界大戦のことを僕はよく知らない。でも歩兵の戦いなら、それなりに分かる気がする。実際では半数も死傷すれば全滅で、一割を超える損害が出たらまあ、大敗だ。負傷者の後送やら撤退やらで、まともな戦闘は継続不能だろう。それより被害が大きければ指揮系統にダメージが入ってまともに再編成もできなくなる。

それでももし、本当の意味で全滅するまで戦えるのだとすれば、それは単純に後退する背後を持ってないせいだろう。離島という陸軍にとっては特殊な環境が全滅に追いやったのだと思う。多分、制海権を握られて脱出が出来ない状態になってから潰されたんだろう。

メールの待ち時間に解説したら、イトウさんは神妙な顔でそうなんですかと言った。まあ、全滅するまで戦うとか、日本のゲームとかじゃ普通だしなあ。多分、第二次世界大戦というか南の島々の戦いのイメージが強烈すぎて、それをずっと引きずっているのだろう。戦争を知らない人の方が、ずっと怖いことを言っている。だからといって僕には苦笑するほかないが。

それにしても、メールが来ない。雑談が途切れた瞬間、不安になる。冷静さを失いそうになる。くそ、ダメだな。密林の中で指揮を執っていたって、僕は後方だったのに。そこからちょっと離れただけで、僕の心は散々だ。

今日一日でメールが嫌いになってしまいそうだった。

僕は意識を切り替える努力をする。メールが来ないのは仕方ない。最低限の指示は出した。あとは祈るだけ。祈る相手もいないけど。

いいことを考えよう。悪いことは沢山思いつくが、戦いを決めるのはいつだって自分の強みだ。それを生かせるかどうかだ。

ランソンさんが後退防御することそれ自体はそんなに悪いことではない。ただ、キャンプを前に足を止めたのはあまりよくなかった。読みとしてはそこまで深く敵がやってこないと見ていたんだろう。それも分かる。ただ敵は報復なのか、僕がいない間をチャンスと見たのか、猛然と攻撃を行っていた。損害を無視した攻撃、人の多い中国だって日本以上の少子高齢化になりつつあるのに。そこまで僕たちを潰す価値があるとは思えないけれど。

この間の僕たちによる大勝で衝撃を受けた、のかな。街を歩いた感じ、中国は盤石で密林で敗走したことなんか誰も気にしていない感じではあったけど。

いずれにせよ、論理的な攻撃、とは到底言えない。となれば裏で糸引いているのはシベリアか。クリークさんってそんなに権力を持ってるのかな。

ともあれ、敵は攻撃を続けている。基地を捨てたあと、どこまで深く追撃してくるか。

国道から一〇〇km先にはミャンマーの都市がある。そこまでくればミャンマーも黙ってはいられない。一〇〇kmどころか五〇kmでもあやしいものだ。だからこの戦い、後ろに下がり続ければどこかで敵は停止せざるをえなくなる。キャンプさえ捨てれば、だが。

僕たちはいいとして、敵はどうなんだろう。

敵は我々が死守するとでも思っているのかな。思っているかもしれない。演習では勝利条件がキャンプの占領だった。その先は特に考えてないかもしれない。まあ、村ごとゲリラって感じなら、確かに村を焼けばそれで終わりというのも分かる。

メールが来た。やっと来た。手が震えるな。

〝指示伝えました。今、後退をしています〟

〝誰が発言しているのか分かりづらい。後に名前をつけよう。ランソン〟

〝分かりました。イブン〟

〝撤退するのはいいが、オマルたちが孤立する可能性がある。ランソン〟

〝合流を無理に狙わないでいいです。一度南側に下げましょう。アラタ〟

問題は、下がりすぎると今度はミャンマー軍が我々を背中から刺してくる可能性が出てくることだ。

我々はミャンマー政府を顧客にしているが、関係は必ずしも良好とは言えない。ミャンマーからすれば、中国に対して勝ってる間だけ使ってやってる、という感じだ。

とはいえ、敵を引きずり込めばそうも言ってられなくなる。ミャンマーを無理矢理味方にし続けるためにも、敵との距離はつかず離れずがいい。かなり高度なオペレーションになるが、そこはもう、ランソンさんに任せるしかない。元々は僕の上司だ。うまくやってくれると思おう。他に替えがあるわけでもないし。

〝キャンプまで五㎞の距離まで後退した。脱落はない。ランソン〟

〝敵両翼に動きがある。包囲を狙っているようだ。ランソン〟

〝撤退する速度を少しずつ上げていきましょう。アラタ〟

〝了解した。潰走《かいそう》にならないといいんだが。ランソン〟

戦うのも恐怖だが、逃げる方が遥かに怖い。取り残されるかもしれないとか、そういう話だとなおさらだ。それはこれまでの戦いで、子供たちの話や報告を聞いているとよく分かる。それを今からさせるのは、心が痛む。

とはいえ、だがしかし。今が瀬戸際、崖っぷち、マージナル。ここは我慢してやるしかない。

〝撤退する皆に、イヌワシが言葉を掛けるのはどうでしょう。きっと心強くなると思います。イブン〟

僕に言われたくらいでどうにかなるならいいんだが。いや、選択肢はない。やれるものはなんでもやるべきだろう。

〝敵は間抜けなことにキャンプを落とせば勝ちだと思っている。罠にはめよう。と伝えてくれ。アラタ〟

〝実際、何かしかけるかね。ランソン〟

〝いえ、それより撤退中部隊の両翼に腕利きの戦術単位を集めてください。中央は薄めでもいいです。包囲の圧力を受けると思うので、冷静沈着に粘ることができて、しかも逃げ足が速いのが必要です。アラタ〟

〝グエンとジニだな。分かった。ランソン〟

〝僕が怪我していなければ。イブン〟

〝次があるよ。アラタ〟

正確には、次があるようになんとしてもやる。このままでは終われない。僕が死んだ後にも子供たちの人生はある。

突然、イトウさんが眠いと言って寝た。僕は顔を上げて、ここが戦場でないことを思い出す。

時間は三時になっていた。子供にはつらい時間だ。まあ、敵もそうか。敵の方が装備に優れている分、もっと重い装備をつけているだろうから、体力差があっても互角か、それよりはいいくらいだろう。

とはいえ、子供を使う限界を感じるのも確かだな。だからといって、大人の世話をしてやる気もないが。やっぱり、戦争なんか捨ててどこかで商売したい。それだけの金を貯めたい。

〝我々が最後の部隊だ。イブンもいる。キャンプを引き払う。確認するが、燃料タンクや置いていく牛や山羊とかはそのままでいいか。ランソン〟

〝そのままでいいです。敵に奪われてもどうということはないですし、向こうの方から焼いてくれると思います。アラタ〟

〝了解した。ランソン〟

〝キャンプ・ハキムの後方八kmで新しい防衛線を引き直します。キャンプ・ハキムを守るため戦いながら後退している部隊は、キャンプ・ハキムから〇kmの線を越えたら各部隊バラバラで指定地点まで下がることにします。アラタ〟

〝了解した。君の言葉で皆踏ん張っている。誇りに思う。ランソン〟

僕は少し笑った。時間は三時半。時間が流れるのが早い。傍でじっと待機しているジブリールは瞑想しているような、半分眠ったような顔をしている。僕が頭を撫でると慌てて起きた。

「なんでしょう」

「お休み。このセーフハウスは安全かもしれないが、どうなるかは分からない。どうかなったとき、ジブリールに守って貰わないといけないからね」

そう言ったら、ずるいという顔で睨まれた。意味が分からない。すぐにそっぽを向かれた。

「ずるい言い方です。それでは休まないといけません」

「事実を述べただけだよ。敵が突入してきた時になんの抵抗もできないでは困る」

「私だけ仲間はずれになりそうです。アラタはあんなに密林を思っているのに」

「仲間はずれじゃない。役割分担だよ」

涙目のジブリールを厳重に撫でたら、ジブリールは毛布をかぶって床で丸まった。椅子に座ってると見下ろしている感じになっていやなので僕も床に座った。幸いこのセーフハウスは日本仕様というか、床が綺麗だ。

「ゆっくり休んでくれ」

「寝るまで頭を撫でてください。片手間でいいですから」

真剣そうに言うので、思わず頷いた。まあ、キスしてくださいとかじゃないからいいかな。

ジブリールは寝付きがいい。数回撫でていたらすぐに寝た。毛布越しに分かる尻の丸みに気付いて慌てて下がる。一mほど下がる。自分で何をびっくりしたのかは分からない。

壁に背中を預けてメールが来てないか確認する。まだ、来てない。

情報連結して戦いたい。メールは胃に悪い。

目をつぶって待つこと五分。

〝各部隊。オマル隊以外は交戦域から離れました。損害軽微。多分三〇人死んでません。イブン〟

それだけ死んだら、一週間ぐらい僕は凹む。自責の念で押しつぶされる。しかし、現状すぐに凹めないのが残念だ。中国だかシベリアだか知らないが、必ず後悔させてやるぞ。

腹を立てながら待つこと三〇分。主としてイブンから情報が回ってくる。怪我をしている関係で暇なのと、ランソンさんが部隊を退《ひ》くオペレーションで手一杯になってしまったんだろう。僕は報告を目で追いながら、自分の心が落ち着くのを待った。

これが、なかなか落ち着かない。敵への怒りは強く、冷静な判断ができるように、自分に強く言い続けなければいけなかった。

落ち着いて、先を考えよう。戦いはまだ続いている。

僕の心を余所にメールが次々来る。

〝敵、追撃をしてきません。イブン〟

〝こっちは一段落つきそうだ。もっとも、皆ふらふらだ。ランソン〟

僕は唇を噛みながら、メールを書いた。

〝新しい防衛線に到着した部隊から順に交代で休ませましょう。アラタ〟

味方の様子からして、敵は、あくまで着実に前進しているようだった。目の前で敵が撤退したのに焦らずに前進しているのは、罠にはめられることを恐れているのだろう。それにしたって一部は焦って飛び出しそうなものを、前回と違って大した物だ。中国版Iイルミネーターの配備も十分でないのにこの連携、学習能力。さすが大国。

目の前の敵を倒すのではなくて、キャンプを破壊するという強い意志があるのだろう。もしかしたら、キャンプを壊したらしばらくは動けなくなる、とか考えているのかもしれない。

戦いとは意見の不一致で始まり、意見の一致で終わる。どこで一致するかが問題だ。敵はキャンプ・ハキムを破壊することを意図し、僕たちはキャンプ・ハキムを捨てて下がる。意見は一致してキャンプ・ハキムは奪われる。

ここまではいい。もう規定の方針だ。じゃあ、その次は?

敵がどこまでも追いかけてくるだろうか。

まあ、敵の気持ちとしてはしたいかもしれないが、現実には無理だろう。補給線が伸びきって、今度は撤退が大変になる。

徒歩進出五〇km、密林の中を三日という時点で大人といえども限界に近いだろう。敵に第二線があって、交代しつつ前進していたとしてもだ。敵が落ち着いて前進していると評価していたが、疲労困憊《ひろうこんぱい》で動きがにぶいだけなのかもしれない。

味方はどうかな。敵をパトロール隊が見つけて地雷原前に防衛線を引いたとして、三〇㎞移動しないといけない。往復で六〇㎞だ。大人と比較して体力がないことを考えると、こっちは限界を超えてておかしくない。

実際はどうだろう。僕の所は教育などに力を入れている関係で常に半数を休ませている。その子たちに武器を与えて前線に出すまでに時間が掛かっていた場合、地雷原に向かう途中で突破の知らせを聞いて下がる、ということになるだろう。これも十分ある話だ。とはいえ、疲れているのは間違いない。

体力があればここから運動戦と行きたいが、これまでの移動距離的に無理かな。逃げる途中で被害が少なかったのは、ジムニーなどの車輌をフルに使用した結果かもしれない。

現状は敵味方疲労困憊。休ませるのが優先か。

北朝鮮占領作戦を控える敵は、キャンプ・ハキムを保持できないだろう。国際社会からの非難や援助がミャンマーに集まるのを嫌がる可能性が高い。中国の主張はどうあれ、ミャンマーは国境が五〇㎞後退したことを認められないというわけだ。そもそも密林を領土にしても中国はあまり意味がないだろうから、まあ、後退するだろう。結局は国道まで戻るしかない。

そう考えると、敵からすればあまり意味がないように思える。僕たちは敵が去った後、キャンプを立て直せばいい。

何かある気がするな。四万人の背後の八〇万人という規模を思えば、基地を破壊しただけでは終わらない、いや、戦果として終われないのは当然だ。敵は密林に影響力を残したと言い張るべく、なにかの手段で嫌がらせをしてくるだろう。

どんな嫌がらせだろう。

兵を残せないのなら地雷か。あれをばらまいて撤兵されたら、こちらから攻めるのは難しくなる。除去には多大な時間がかかるだろう。とはいえ、どうなんだ。こちらとしてはあまり痛くない。敵味方識別装置つきの地雷とか、だろうか。

しかし中国は最近地雷を市場に出してもいないし作ってもいないという。おかげで地雷の市場価格も上がる一方だ。それに、そもそも地雷はあくまで防御的な使い方をするものだから、今の勢いある攻めの中国には似合わない。

となれば、なにか代わりを配置するんだろうか。

僕は苦笑い。答えが分かった気がした。

豆担克《ドウタンクー》。あの出来損ない陸上型ドローン。あれを残置する。あれにはカメラもついてる。いや、でもどうかな。そんなに何ヶ月もおけるような代物でもないと思うけど。まあ、役に立たないと言われてるものを限定的な使い方で再利用するにはいいかもしれない。

そもそも地雷原を抜けるときに、使ってた可能性が高い。使えないものを活用したと思えば、まあ、妥当だろう。なるほど。あんな使えない機材でもいささかの役には立つんだな。

〝キャンプ・ハキムが燃えています〟

名前を付け忘れたメールが来た。イブンからだった。あんまり衝撃を受けてないといいんだが。子供たちが並んで呆然と眺めているのが見えるようだ。

〝人的被害が少なければそれでいい。急いで戻る。アラタ〟

そこまで書いて、僕は言葉を付け加えることにした。これは負けではない。僕はそういう風には思わない、と。

第5章

南帰

いつ頃眠りについたのかは、正直に言って定かではない。起きたのははっきり分かる。正午頃だ。

イトウさんとジブリールがエプロンをつけて僕の前に立っている。

「すみません。もう少し寝かせておきたかったのですが」

ジブリールの控えめな声で、僕は完全に目覚めた。腕時計を流し見る。

「いや、寝過ぎだね」

「そうそう、寝過ぎです」

イトウさんは元気だ。いや。元気でいいのだけど。

「昨日は助かりました」

僕が頭を下げると、イトウさんは少し動きを止めた。よく分からない人だ。うなじまで赤くして恥ずかしそうにしている。僕どころか、ジブリールすら不思議そうにするありさまだ。

「あの、何か」

「いえ。別に」

そんなこと言われても、イトウさんは明らかに動揺していた。暗号か符牒だったのかな。

イトウさんは手に持ったフライパンで顔を隠した。

「見ないでください。なんなんですかもう」

「いや、なんというか、何を恥ずかしがってるんですか」

正直に言ったら、フライパンが揺れた。

「いえ、その実は。この仕事、あんまり褒められないので」

そうか。いや、裏方といえば究極の裏方だからな。

「そうだったんですか。ともあれメールだけでも連絡できただけよかったです。被害は最小限で済んだと思っています」
○でなかったのが残念ですがと言ったら、ジブリールとイトウさんからそれぞれ声を掛けられ、慰められた。いや、そんな慰めはいらない。
「そう言えば、寝ている間に状況は？」

イトウさんは意地悪もせずにスマホを貸してくれた。五、六通、メールが来ていてジブリールが返信をしていた。できた娘だ。

〝ランソン師休みました。僕が留守番です。イブン〟

〝オマルは電話を持って行ってないそうです。イブン〟

〝こちらジブリール。了解です。イヌワシは休みました〟

僕たちの世代だとスマホだったり携帯だったりするのだけど、イブンくらいの歳になると、単に電話と言っている。ちょっと世代の差を感じる。それにしても、あの機械嫌いのジブリールが、メールを送るなんて。

「メール、打てるようになったんだね」

「代筆です」

ジブリールは屈辱を受けたような顔で言った。イトウさんは苦笑い。

「まあとにかく、大したことは書いてないはずです。食事にしましょ？　ね？」

それで、昼飯を食べることにした。中国風と思いきや、完全に日本料理という感じだ。卵焼きに、魚の干物、海苔《のり》。おひたしは小松菜ではない。チンゲンサイだ。

「あまり食べてないかと思って」

「イトウさん、料理できたんですね」

「失礼な。これくらい、当然です。あ、京都風の味付けなんで、気を付けてください」

東北生まれの僕にはちょっと薄味な気がするけども、これはこれでおいしい気がする。胃に優しそうなのがいい。胃はやられてないけれど、指揮をするとき自分の身体の心配なんかしたくはない。

漬物があれば完璧なんだがなと、食べながら思った。うまい。うっかり食べ過ぎてしまった。反省しきりだ。

僕が食べている様子を、ジブリールがじっと眺めている。

「どうしたんだい？」

「私が作った料理よりも、おいしそうに食べています」

食卓は戦場と同じだ。どこから弾が飛んでくるか分からない。

僕は、お腹が空いてたんだよと言って、しかめっ面で食べることにした。ジブリールは意外に傷ついた顔をしている。まったく。なんでこう繊細なんだか。

なんとか食事を乗り切って、僕は密林に帰る気満々だった。どうやって帰るかは考えてないけれど、とにかくその気だったのだ。

箸を置いて、その旨を伝えるべくイトウさんを見る。イトウさんはお見通しですよという顔。

「日本でないところに帰りたいみたいですね」

「ええ」

「日本食をあんなにおいしそうに食べてたのに？」

僕は横目でジブリールを見た。

「あれはお腹が空いていたんです。ジブリールをいじめないでください」

厳重に抗議したが、流された。イトウさんは笑っている。

「いじめていませんけど。罪に問われることを恐れてます？」

「昨日のやりとり、見ていたでしょ。子供が心配なんです」

「はいはい鬼子母神、鬼子母神」

「だからそれは女神ですよ」

「どうだっていいじゃないですか」

どうだっていいということはないだろうとイトウさんを見る。イトウさんは日本茶をすすりながら笑顔になった。

「今となっては、日本に帰るのも密林に行くのも大変ですよ」

「大変ですか」

「ええ」

イトウさんは食卓の隅に追いやられていたものを持ち上げて僕に渡した。黒いリモコン。テレビだろう。日本のものと違ってボタンの数が少ないのが特徴だ。

テレビをつける。ニュースでもやっているのか。国営テレビを見ると美国が攻撃を始めたとか文字が躍っている。

美国とはアメリカのことだ。え、中国と戦争を始めたのかと思いきや、アメリカが強く抗議、もしくは牽制しているだけらしい。中国側の言う北朝鮮への支援、実質上の占領作戦のことで揉めている様子。

同胞を支援するのが何が悪いと、中国の報道官は強い姿勢で発言している。

日本についてはほとんど言及がない。例によってアメリカを支持していると短くアナウンスされただけだ。まあうん、そうだよな。

いや、だがしかし。

「ミャンマーの件はニュースになっていないですね」

「数日はかかると思います」

僕にとっては一大事でも、中国全体から見ればたいしたことはないのかな。まあ、中国軍三〇〇万人とか言ってたしなあ。

それより、このアメリカの仕掛けてきた牽制が、よっぽどの重大事ということか。単に戦勝をすぐに宣伝する状況でないのか。分からない。

「えーと。すみません。このニュースをどう見たらいいのか。ニュースは見ました。内容も分かりました。で、これが日本や密林に行くのになんの関係があるのかはまだ分かりません」

イトウさんは遠い目をするが、こちらは民間軍事会社であって、情報のプロではない。

「そんな顔をされても分からないですよ」

「まあ、そうかもしれませんね。おかげさまで、無事にあなたの情報は政府に届きました」

「なるほど。そういうことでしたか」

そういうことは気にしてなかった。イトウさんは苦笑いしている。

「もろもろの件で、日本政府は感謝しています。まあ、誰にも言われず、誰からも褒められはしないでしょうけど」

「いえ、保護して貰ったので、それぐらいは」

「日本国が日本人を守るのは当然です。さて、褒めはしませんが感謝はしているのです。ですから密林に行きたいというのであれば、その手伝いはします。今となっては、あなたを密林に帰した方が国益になるでしょうし」

日本が中国と敵対姿勢を強める、ということだろうか。

僕は頭を下げた。

「ありがとうございます」

「いえ。でもお金は払いませんので」

イトウさんは口に少しの皺を寄せて笑った。

「十分です」

「欲のないことで」

「僕がお金が欲しいのは、子供たちの養育費のためです。子供が死んだら、養育費なんていらなくなります。今はその瀬戸際ですね。そして間に合いさえすれば、お金はまた稼げます」

イトウさんは僕の瞳を覗き込んでいる。

「その分急げ、ですか」

「ええ。もちろんです」

「ですよね」

イトウさんは笑って見せた。すぐに表情を改める。

「理解はしています。空港だとすぐに足がつくので、陸路移動するのがいいでしょうね」

陸路か。大変だな。

北京から、海沿いに南に向かうのか、それとも内陸部を行くのか。まあ、内陸部かな。タイを経由するのか、雲南《ウンナン》からミャンマーに直接入るのかは、まだわからないが。いずれにしても長旅になる。

うんざりするような移動になりそうだが。いや、確かにそっちの方がいいだろう。直接ミャンマーに行くルートはどうかは分からないが、ベトナムまで行けば、後はどうにかなる。

「分かりました。それでお願いします」

それで、ミャンマーへ向かうことになった。イトウさんもついていくと言う。正確にいえば、こういうことがあったせいで日本に戻れなくなる、とのこと。

「こういうことってなんですか」

「あなたがもたらした情報が、色々引き起こしているんですよ。ドミノみたいに」

「そこがよく分からないんですよね」

僕が言うと、イトウさんはTVを消した。ニュースは終わり、中国製の子供向けCGアニメになっていた。結構いい作画だった。

黒い画面のTVを背に、イトウさんは僕を見る。

「すぐに分かりますよ。まあでも、一つ、鬼子母神さんがどれくらいのことをやったのかというと、実は日本、アメリカのスパイ網は中国の激しい摘発で全滅していまして」

「全滅ですか」

「ええ。今スパイ網を絶賛作り直している最中です。アメリカは二〇一二年から五年ほどの暗闘でほぼ壊滅。日本も二〇一六年から二〇一七年にかけてかなりの数の協力者がやられました。これくらい、なんて鬼子母神さんは言ってますけど、その情報程度の情報すら、日本では全然手に入らないものだったんです」

そうだったのか。二〇一六年と言えば、僕が日本で就職していた時期だ。そんなニュースがあったかな。あったような気もする。

「なるほど。でもですね。僕が学んでたことは、たとえば衛星偵察で手に入るようなものではないんですか？　仮にも一国を占領する規模です。兵力として隠し通せるようなものではないと思うんですが」

イトウさんは立ち上がってエプロンを解きながら口を開いた。

「ところがまあ、もとより中国と北朝鮮の国境地帯は大量のトラックが並んでまして」

民間の貿易トラックらしい。ニュースか何かでかすかに見た覚えはある。

「そのトラックの中に人員がいても分からないですね。まあ、気付いたとしても一週間はかかると思います」

「一週間ってそんなに違うものですか」

「そうなんです。まあ、あとでお話ししますよ」

謎めいた言い方だ。何故だろうと思ったら、イトウさんが先に口を開いた。

「言っておきますけど、意地悪ではありませんからね。これは安全上の話です。拷問とか受けたときの親切でもあります」

怖い話だ。銃で撃たれるよりも、ずっと怖い。

僕は肩をすくめた。

「なるほど。いや。そういうことならいいですよ。そもそもあまり興味のある話でもないので」

イトウさんは優しくため息。

「正直すぎる意見ですね……他人事ながらあなたのビジネスが心配です」

「いや、それが、下手なことに口を挟まないのが傭兵の成功の秘訣《ひけつ》なんです」

イトウさんの優しいため息が、バカにするようなため息に変わったのはなぜだか分からない。

　ともあれ、そこからは急ぎましょうということになった。慌てて密林へ帰る準備をする。イトウさんがついてきてくれるのはとてもありがたいが、一方で心苦しくもある。まあ、イトウさんも直接帰れなくなる、とか言ってたしな。これから日中関係がどれだけ悪化するんだろうか。

　僕は頭を掻く。酷い話ではあるのだが、今の僕にとっては日中関係が悪い方がありがたい。敵の敵は味方になる。日本が援助してくれると、ありがたい。日本の武器に期待はしていないが情報機器は素晴らしい。日本版Iイルミネーターは大変有用だ。

　僕の思いを余所に、イトウさんはポニーテールになった。

「さ、数時間で支度《したく》して、南のほうへ行きますよ。その前に変装、もう少し小汚い格好でいきましょう。問題は設定ですね」

「設定ですか」

「ええ。三人で親子連れがいいと思うんですけど、ちょっとジブリールちゃんが老けて見えるので」

「年相応です」

「老けてるってなんですか」

　僕とジブリールが同時に苦言を述べると、イトウさんは両手を小さく上げた。降参、という感じ。

「中国人からそう見えると言うだけです。まあ、なんとか変装していきましょう」

変装でどうにかなるのかなと思いはするが。イトウさんはその道のプロだった。食後の僅か一〇分ほどで、ジブリールが若返った。それどころか人種まで変わった。ものすごく、中国人とか日本人とか、その系だ。すごいな。今の変装技術は。

あっという間にジブリールが、そこらにいる、なんというか田舎っぽい娘になってしまった。

鏡を見たジブリールが、怒り出した。

「なんですかこれは！」

「だれも気付かないいんじゃない？」

イトウさんの言葉はジブリールに届かなかったようだ。そっぽを向いた。

「私には被り物があります」

「いや、それダメだから。中国じゃ厳しいから」

ジブリールは僕に分からない言葉で悪口を言った。イトウさんは笑顔で無視した。まあ、なんならついてこないでいいんですよという顔。しぶしぶジブリールは変装を受け入れた。

続けて、僕も少し変装することになった。アイラインを入れて髪型をいじって、ほうれい線を強調する感じに。髪を染めるようなチューブ入りクリームをブラシにつけて、二、三回すくと、僕の髪に白髪が結構できた。おお。すごい。いきなり歳を取った。

「五〇くらいになったら、僕はこうなりますね」

「どうでしょうね。がんばって長生きして確認すべきでは」

あいにくそこまで長生きするつもりもなかったが、面白いのは面白い。すごいな。若返ることばかり考えていて老け顔にするメイクがあるなんて考えもしなかった。よく考えれば映画などでは普通にやられているんだろうけど。

イトウさんもささっと変装している。こちらもいい感じに歳を取った。四〇代はじめという趣《おもむき》だ。三人で並んで立つと、歳の離れた夫婦と生意気そうな娘に見える。すごい、ちゃんと見える。

「すごいですね」

「でしょ？」

イトウさんは大変な上機嫌。この人は褒められるのが弱点らしい。いや、実際すごい。褒め言葉にバリエーションがなくて、他に言い方を思いつかないのが残念だ。

「どこがすごいのですか。納得がいきません」

ジブリールだけが不機嫌だった。それがまた、変装にあってて悪いが笑いそうになる。一瞬、三〇人も子供を亡くしたことを忘れてしまいそうになった。

中国め。シベリアめ。

ジブリールが僕の頭を撫でた。心配そうな顔をしていた僕は微笑んだ。悲しみをもたらすのも子供だが、癒やすのも子供だ。

ともあれ、移動だ。僕は気分を切り替えようと考えた。僕が悲しんでも死んだ子が戻るわけでもない。今は合流だ。

イトウさんやジブリールとともに、荷物を持って外にでた。もう夕方だった。

建物を出ようとしたとき、一人知り合いが立っていることに気付いた。

麦一多《ばくいった》。

僕と学校で一緒だった青年。それが腕を組んで、僕を見ている。

イトウさんやジブリールは、麦を知らない。何も気にせず歩いて行く。僕もそうするべきだろう。軽く会釈して、前を通り過ぎようとする。

麦が顔を上げた。

「なんで分かったと言わないのか。新的」

「君の家が、この変な間取りの建物の中にあっても驚かない」

図星だったようで、麦は笑いの欠片《かけら》を口に宿した。そのまま口を開いた。

「戻って来い。新的。友人はお前を見捨てたりはしない」

「もう無理だよ。僕はシベリアを敵に回してしまった」

「何年かかるか分からないが、必ず復活の目はある。臥薪嘗胆《がしんしょうたん》だ」

「ありがとう。でも僕には子供がいるんだ。たくさん」

僕は麦一多と目を合わせずに歩いた。麦が壁を蹴る音がした。

ジブリールとイトウさんがそれぞれの手段で麦を殺そうとするのを僕は止めた。目の前に、トラックが一台止まっている。随分とまあ、くたびれたトラックだ。ミャンマーでもなかなかこのクラスには会わないくらいに土埃で汚れた車だった。中の人まで土埃で汚れていた。

「あんたかい」

「ええ」

トラックから顔を出して尋ねた運転手に、イトウさんが僕より明瞭な中国語でそう言った。

「乗りな。半金《はんきん》だ」

そう言って後ろのドアを開けてくれる。窓はないのに、中のコンテナは家のようになっていた。ソファにテレビ、観葉植物まである。なんだこりゃ。

「乗りましょう」

イトウさんは中国語で言った。僕は中国でああ、と答えた。

それで、コンテナの部屋の中で揺られることになった。家具は全部固定されていて、なんというか、ドラマのセットみたいな感じ。

「さっきの人は？」

「友人です。……友人だった。数週間の付き合いでしたけどね」

「彼が密告しないと信じている理由は？」

僕は揺れるトラックの天井を見た。

「密告する相手と喋ろうとはしませんよ」

若いってことは酷い話だ。たった数週間一緒に過ごしただけなのに、麦は僕を友人と言った。そんなに簡単に友人なんて言うもんじゃない。

これだから若さってやつは嫌いだ。

イトウさんはため息。それ以上追及はしなかった。

重苦しい雰囲気を打ち消すために、僕はことさら明るい声を出す。

「えーと。それで、この乗り物はなんなんですか」

「お金さえ払えばどこまでも行ってくれる車ですね」

タクシー、みたいなものらしい。しかし、おそらく違法だろう。国は違えど、なんとなくそういう雰囲気であるのは分かった。

ジブリールはソファに行儀良く座っている。普通の椅子もあるのだが、揺れて仕方ないようだった。ちなみに僕とイトウさんは靴を脱いで床に座って話している。こういうところに文化の違いが出ている気がする。

「なんか、夜逃げみたいですね」

「ええ。そうです。この車は夜逃げ屋さんの車です」

そうだったのか。なるほど。で、僕たちは夜逃げ中の夫婦と子供。なるほどねえ。そりゃ、すこしばかりくたびれた感じにするわけだよ。

「中国って、夜逃げなんかあるんですか。仮にも共産主義なんでしょ？」

「どんな社会でも失敗する人はいます。逃げる人も」

まあ、そりゃそうなんだろうけど。世知辛《せちがら》い話だ。どこかに子供を笑顔で迎えてくれるいい国とかないかな。

「それにしても、薄汚れたトラックでしたけど」

「働く車を綺麗にしてるってことはないですね。中国では」

「へえ、そうなんですね。イトウさんは中国に詳しいんですか」

イトウさんは渋い顔をした。なぜ渋い顔をするのかは分からない。

「まあ、少しは」

「なるほど」

僕もイトウさんも、互いに過去の出来事があって会話がうまく続かない。苦笑するような事態だ。こういうときは子供に期待したいが、ジブリールはおしゃべりでないと来ている。参った参った。

イトウさんはテーブルの上に、何か黒い機械を置いた。小さい物で、ボタンは三つ。

「これはなんでしょう」

「ラジオですよ。知りませんか」

「知ってはいますけど」

地震の時に役立った、という覚えはあるが、普段見かけるようなものでもないというイメージだ。

「これが？」

つける。ラジオの音声が流れてくる。少々雑音は入っているが、唱歌が流れていた。

「もうしばらくで、先ほどの謎が解けます」

先ほどの謎ってなんだっけと思ったら、イトウさんはため息をついた。

「貴方が仕掛けたドミノが、倒れていくところですよ。私がこれから日本に帰れなくなる理由です」

なんだろうと思っていたら、唱歌が途切れた。ニュースに変わる。

ヒアリングに集中。美国が攻撃を開始した。南韓《ナンカン》ってどこだ。韓国か。え？　アメリカが韓国に？

びっくりしてイトウさんの顔を見る。イトウさんは少し笑っていた。

「あなたの情報が早く届いてよかった。大義名分、立ちました」

「軍事攻撃が一日二日で準備できるわけじゃないでしょう。これは前もって計画されていたのでは」

「そうですね。それでも、大義名分はあるのです。中国は北朝鮮に侵攻した」

「それのどこがアメリカが韓国を攻撃する理由になるんですか」

「韓国は、近年アメリカと距離を置いていました。おそらく、密約レベルで中国とともに北朝鮮を占領する計画があったんでしょう。我々も断片としては知っていました」

確かにパウローだかが韓国にくれてやる、みたいな話はしていた。いや、でも。

「だからアメリカが攻撃を?」

「大陸側に橋頭堡《きょうとうほ》を持っておきたいのです。そして日本は、これ以上対中の最前線になるのを望んでいません」

「韓国とアメリカって仲がよかったんじゃなかったんですか」

イトウさんの顔は、国家に真の友人がいないことを示していた。

パウロー、そりゃべらぼうな数の豆タンクがいるわけだよ。北と南で朝鮮には五〇〇〇万人を軽く超える人々がいるだろう。そのうちのどれだけかが難民化した日には、日本じゃまったく対応できない。

そこに謎はなかった。日本は必要に駆られて必死に準備していただけだった。

ジブリールが僕の傍に寄ってきてくっついて座った。不安だったのか、焼き餅をやいたのか、どちらなのかは分からない。いや、僕を心配してるんだな。

それで、頭を撫でた。

「大騒ぎになりそうですね」

ジブリールの顔を見ながら僕は言った。

イトウさんは、そうですね、と呟いた。


マージナル・オペレーション改04につづく

あとがき

芝村です。『マージナル・オペレーション改03』をお届けします。

間に合ってよかった。

今シリーズも好評でほっと胸をなでおろしつつ、もっと面白いものを作りたいと考えている次第です。ファンの方に、大感謝です。

営業のみなさん、書店の皆さん、イラストレーターのしずまさん、担当編集の平林さん、デザイナーの川名さん、ありがとうございます。

毎度のことではありますが、皆さまのおかげで本を出せております。


現実でも北朝鮮情勢が大きく動いておりますが、できればドンパチは本の中だけにして、平穏に推移してほしい、と願うものです。

この作品は、いろんな取材と協力者で成立している作品なので、それこそ平和だからこそ、詳しく調べて書けるという側面があります。作品では敵役でもそういうのを分かった上で協力してくれる人もいるわけで、毎度心が痛みます。

ちなみに今巻、前巻と北朝鮮関係の情報が出ていますが、これらの情報は『マージナル・

オペレーション』無印の一巻目を書いていた二〇一二年では全くというか、手に入りませんでした。謎の国家北朝鮮だったのです。

それが、国家指導者が変わってから結構情報が出回るようになってきて、今回『マージナル・オペレーション』改の構想をしていた二〇一五年には小説に書けると判断できる程度に色んな情報が出てくるようになりました。

体制のゆるみ、というのももちろんあるんですが、ある程度情報公開がされたためでもあります。あとITですね。北朝鮮の国民の二〇％以上がスマホを持っている事実がありかます。北朝鮮の閉鎖された国内しか見られないスマホではなく、韓国の通信網に繋がるものが広く流通し、労働新聞とは別の情報源になっています。

北朝鮮が従来と違って強気の姿勢を崩せないのも、このあたりの事情が関係しているようです。情報統制が難しくなった結果、妥協するのが難しくなっているわけですね。悲劇、と言う他ない感じです。

どんな物事にもいいこともあれば悪いこともあるのだなという話です。

閑話休題、本編の話。

『マージナル・オペレーション』はシリーズを通じてアラタの成長物語でして、今回も遅ればせながら、ちょっと成長を見せます。

前巻では、女性の考えていることが分からないと思っていた彼ですが、今作ではそこからまた価値観の変更を余儀《よぎ》なくされます。アラタの苦手な「愚かな敵」に対する理解が進みます。

しかし、アラタもそろそろ三三歳。この年で成長となると心無い人から鼻で笑われてしまうものですが、アラタは子供たちのこともあって必死に学ぶことになります。ちなみに私は、いくつになっても成長できると思いたい派閥です。

作中のアラタの成長にあわせ、ここからもう一段上の人物や頭脳戦をうまく描きたいと考えております。うまく書けるといいのですが……頑張ります。

成長といえば、ジブリールも着々と成長しております。アラタ視点の話なので描写はされておりませんが、彼女は彼女なりに頑張って、アラタとの距離を縮めようと努力しています。こちら、生暖かく見守っていただければ。

さて、今巻は朝鮮半島動乱です。と言ってもアラタは現段階ではなんら参加できず、まだ傍観者です。ちなみに次巻は密林での戦いなんで、気になってる方は大変お待たせしてすみませんが、作品的には重要な転換点ですので、ちょっとだけお待ちください。

は。紙幅《しふく》がつきそう。今回あとがきを増やしてもらったのですが、いろいろ書くことが多くていけません。世界情勢が世界情勢なだけに、あとがきでしっかり書かないといけないと思ったのでした。

あ。そうそう。一つ大ニュースです。と言ってもアニメ化の話ではありません。『マージナル・オペレーション』の前史にあたる、『遙《はる》か凍土《とうど》のカナン』がサイコミさんにてコミック化されます！　めでたい！

大好評の『マージナル・オペレーション』のコミック版と合わせて、楽しんでいただければ幸いです。ちなみに『遙か凍土のカナン』は私が覚えている限りで過去三回コミックの企画があったんですが、馬の作画や時代考証がネックで実現しなかった経緯があります。毎回メディアミックス展開がやりずらい作品ばっかりで本当にすみません。最近よく怒られるので考えねば。しかし、自分が今好きなものを書こうとすると、どうしても地味になるんですよね。反省。

ともあれ、今日も作品を書いております。それでは次巻は２０１８年にお会いしましょう。新しい小説のシリーズも考えていきたい今日この頃です。ではまた。

二〇一七年一一月　芝村裕吏

本書は書き下ろし作品です。

Illustration　しずまよしのり
Book Design　川名潤
Font Direction　紺野慎一

使用書体
本文——A-OTF 秀英明朝 Pr5 L＋游ゴシック体 Std M〈ルビ〉
柱——A-OTF 秀英明朝 Pr5 L
ノンブル——ITC New Baskerville Std Roman

星海社
FICTIONS
シ1-22

マージナル・オペレーション改《かい》 03

2017年12月15日　第1刷発行　　定価はカバーに表示してあります

著者 ―― 芝村裕吏《しばむらゆうり》

発行者 ―― 藤崎隆《ふじさきたかし》・太田克史《おおたかつし》
編集担当 ―― 平林緑萌《ひらばやしもえぎ》

発行所 ―― 株式会社星海社
〒112-0013 東京都文京区音羽 1-17-14 音羽 YK ビル 4F
TEL 03(6902)1730　FAX 03(6902)1731
http://www.seikaisha.co.jp/

発売元 ―― 株式会社講談社
〒112-8001 東京都文京区音羽2-12-21
販売 03(5395)5817　業務 03(5395)3615

印刷所 ―― 凸版印刷株式会社
製本所 ―― 加藤製本株式会社

ISBN978-4-06-511003-4　N.D.C913 218P.　19cm　Printed in Japan

SEIKAISHA

星々の輝きのように、才能の輝きは人の心を明るく満たす。

その才能の輝きを、より鮮烈にあなたに届けていくために全力を尽くすことをお互いに誓い合い、杉原幹之助、太田克史の両名は今ここに星海社を設立します。

出版業の原点である営業一人、編集一人のタッグからスタートする僕たちの出版人としてのDNAの源流は、星海社の母体であり、創業百一年目を迎える日本最大の出版社、講談社にあります。僕たちはその講談社百一年の歴史を承け継ぎつつ、しかし全くの真っさらな第一歩から、まだ誰も見たことのない景色を見るために走り始めたいと思います。講談社の社是である「おもしろくて、ためになる」出版を踏まえた上で、「人生のカーブを切らせる」出版。それが僕たち星海社の理想とする出版です。

二十一世紀を迎えて十年が経過した今もなお、講談社の中興の祖・野間省一がかつて「二十一世紀の到来を目睫に望みながら」指摘した「人類史上かつて例を見ない巨大な転換期」は、さらに激しさを増しつつあります。

僕たちは、だからこそ、その「人類史上かつて例を見ない巨大な転換期」を畏れるだけではなく、楽しんでいきたいと願っています。未来の明るさを信じる側の人間にとって、「巨大な転換期」でない時代の存在などありえません。新しいテクノロジーの到来がもたらす時代の変革は、結果的には、僕たちに常に新しい文化を与え続けてきたことを、僕たちは決して忘れてはいけない。星海社から放たれる才能は、紙のみならず、それら新しいテクノロジーの力を得ることによって、かつてあった古い「出版」の垣根を越えて、あなたの「人生のカーブを切らせる」ために新しく飛翔する。僕たちは古い文化の重力と闘い、新しい星とともに未来の文化を立ち上げ続ける。僕たちは新しい才能が放つ新しい輝きを信じ、それら才能という名の星々が無限に広がり輝く星の海で遊び、楽しみ、闘う最前線に、あなたとともに立ち続けたい。

星海社が星の海に掲げる旗を、力の限りあなたとともに振る未来を心から願い、僕たちはたった今、「第一歩」を踏み出します。

二〇一〇年七月七日

星海社　代表取締役社長　杉原幹之助
代表取締役副社長　太田克史

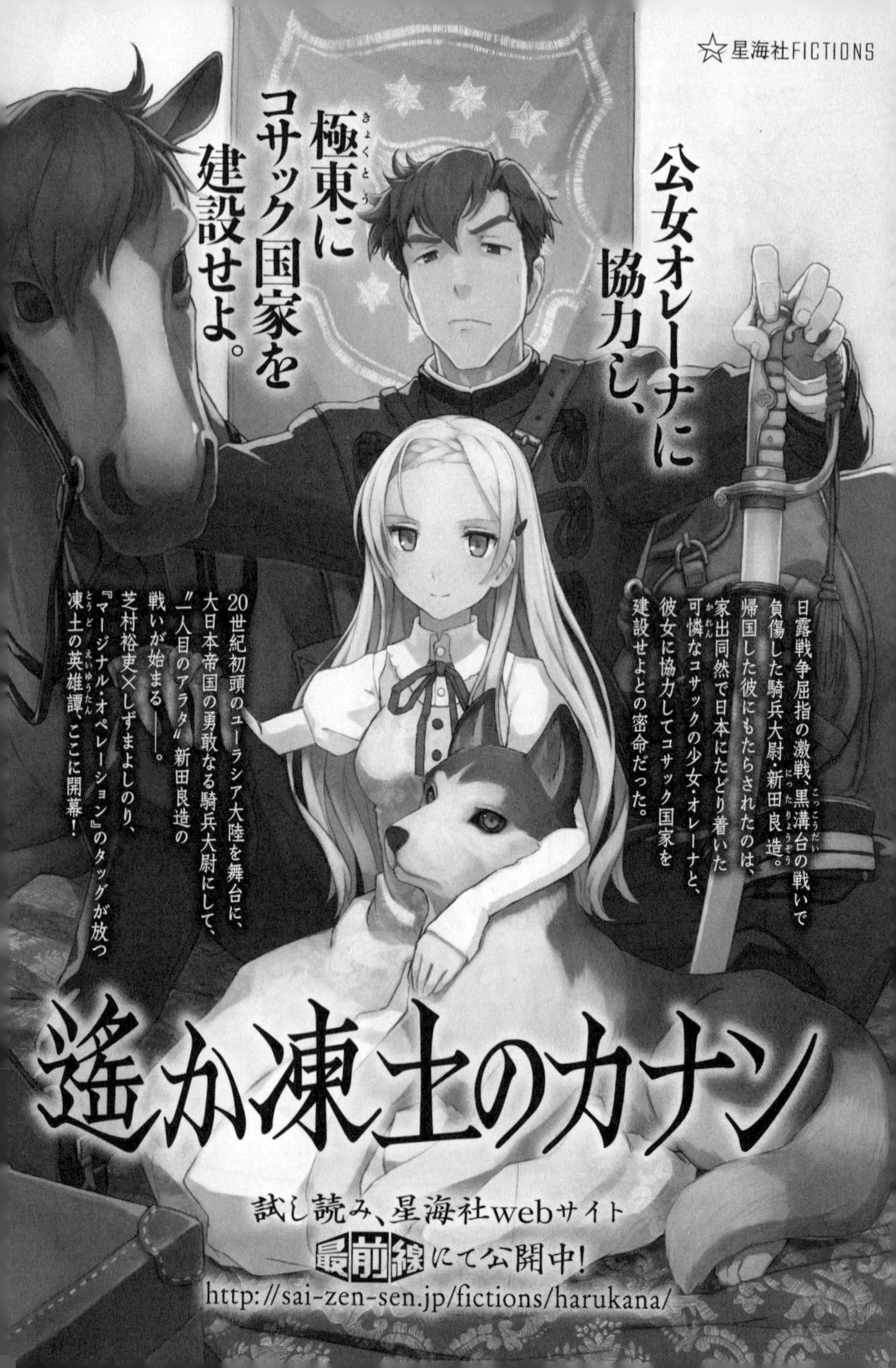
☆星海社FICTIONS
公女オレーナに
協力し、
極東《きょくとう》に
コサック国家を
建設せよ。
日露戦争屈指の激戦、黒溝台《こっこうだい》の戦いで
負傷した騎兵大尉・新田良造《にったりょうぞう》。
帰国した彼にもたらされたのは、
家出同然で日本にたどり着いた
可憐《かれん》なコサックの少女・オレーナと、
彼女に協力してコサック国家を
建設せよとの密命だった。
20世紀初頭のユーラシア大陸を舞台に、
大日本帝国の勇敢なる騎兵大尉にして、
〝一人目のアラタ〟新田良造の
戦いが始まる――。
芝村裕吏×しずまよしのり、
『マージナル・オペレーション』のタッグが放つ
凍土《とうど》の英雄譚《えいゆうたん》、ここに開幕!
遥か凍土のカナン
試し読み、星海社webサイト
最前線にて公開中!
http://sai-zen-sen.jp/fictions/harukana/

☆星海社FICTIONS
黒剣《くろがね》のクロニカ
Ta eis heauton
written by
芝村裕吏
Yuri Shibamura
illustration by
しずまよしのり
Yoshinori Shizuma
『マジオペ』のタッグが紡ぐ超巨弾ファンタジー、
ここに開幕！
遙か昔──、高度な文明を誇ったアトランティス大陸が海没したのち、遺民たちが多島海に散らばり、数多の都市国家を形成していた時代。都市国家・コフの貴族〝黒剣《くろがね》家〟に生まれたフランは、奴隷であった母を父に殺され、陰湿な次兄・オウメスからは虐待を受けながら、難民のみを友として不遇に育った。
しかし、勇猛な長兄・トウメスから命じられ、婚姻の使者として赴いた隣市ヤニアで〝小百合《さゆり》家〟の二人の姫と出会ったことが、フランの境遇に大きな転機をもたらす。
姉で人馬のイルケと、美しさを謳われる妹のオルドネー。フランが彼女たちとともに歩むことを決めたとき、多島海の歴史は新たな道を辿り始める……。
少年の叡智が、いま新たな歴史を紡ぐ──！